# L'AMOUR DURE TROIS ANS

Frédéric Beigbeder est né en 1965. Écrivain, critique littéraire au *Figaro Magazine*, animateur du Cercle sur Canal +, il a reçu le prix Interallié en 2003 pour *Windows on the World* et le prix Renaudot en 2009 pour *Un roman français*. Il est également l'auteur de *99 francs* (2000) porté à l'écran par Jan Kounen et de *L'amour dure trois ans* (1997) qu'il a lui-même adapté au cinéma en 2012. Il a insisté pour que nous évoquions dans cette notice sa fulgurante carrière de disc-jockey moscovite (il a mixé notamment au club Rai, au Soho Rooms, au Most et au Simachev), de top-model (Galeries Lafayette, The Kooples), et d'hôtelier à Pau (la Villa Navarre, réservations au 0559146565).

*Paru dans Le Livre de Poche :*

AU SECOURS PARDON

UN ROMAN FRANÇAIS

VACANCES DANS LE COMA

*En collaboration avec Jean-Michel di Falco*

JE CROIS. MOI NON PLUS

FRÉDÉRIC BEIGBEDER

# L'amour
# dure trois ans

ROMAN

Édition revue par l'auteur

GRASSET

A Christine de Chasteigner et Jean-Michel Beigbeder, sans qui ce livre n'aurait pu voir le jour. (Ni moi.)

« Je parle avec l'autorité de l'échec. »

Francis Scott FITZGERALD.

« Ben quoi ! Ben oui ! Faut pas compliquer ! Faut dire les choses comme elles sont. On aime et puis on n'aime plus. »

Françoise SAGAN
*(lors d'un dîner chez elle en 1966 avec Brigitte Bardot et Bernard Frank).*

# I
# Les vases communicants

# I

## Avec le temps on n'aime plus

L'amour est un combat perdu d'avance.

Au début, tout est beau, même vous. Vous n'en revenez pas d'être aussi amoureux. Chaque jour apporte sa légère cargaison de miracles. Personne sur Terre n'a jamais connu autant de plaisir. Le bonheur existe, et il est simple : c'est un visage. L'univers sourit. Pendant un an, la vie n'est qu'une succession de matins ensoleillés, même l'après-midi quand il neige. Vous écrivez des livres là-dessus. Vous vous mariez, le plus vite possible – pourquoi réfléchir quand on est heureux ? Penser rend triste ; c'est la vie qui doit l'emporter.

La deuxième année, les choses commencent à changer. Vous êtes devenu tendre. Vous êtes fier de la complicité qui s'est établie dans votre couple. Vous comprenez votre femme « à demi-mot » ; quelle joie de ne faire qu'un. Dans la rue, on prend votre épouse pour votre sœur : cela vous flatte mais déteint sur vous. Vous faites l'amour de moins en moins souvent et vous croyez que ce n'est pas grave. Vous êtes persuadé que chaque jour solidifie votre amour alors que la fin du monde est pour bientôt. Vous défendez le mariage devant vos copains célibataires qui ne vous reconnaissent plus. Vous-même, êtes-vous sûr de bien vous reconnaître, quand vous récitez la leçon apprise par cœur, en vous retenant de regarder les demoiselles fraîches qui éclairent la rue ?

La troisième année, vous ne vous retenez plus de regarder les demoiselles fraîches qui éclairent la rue. Vous ne parlez plus à votre femme. Vous passez des heures au restaurant avec elle à écouter ce que racontent les voisins de table. Vous sortez de plus en plus souvent : ça vous donne une excuse pour ne plus baiser. Vient bientôt le moment où vous ne pouvez plus supporter votre épouse une seconde de plus, puisque vous êtes tombé amoureux d'une autre. Il y a un seul point sur lequel vous ne vous étiez pas trompé : effectivement, c'est la vie qui a le dernier mot. La troisième année, il y a une bonne et une mauvaise nouvelle. La bonne nouvelle : dégoûtée, votre femme vous quitte. La mauvaise nouvelle : vous commencez un nouveau livre.

# II

## Un divorce festif

Pour bien conduire bourré, il suffit de viser entre les immeubles. Marc Marronnier tourne l'accélérateur ce qui a pour effet de faire prendre de la vitesse à son scooter. Il se penche entre les voitures. Elles lancent des appels de phare, klaxonnent quand il les frôle, comme dans les mariages de ploucs. Ironie du sort : Marronnier fête justement son divorce. Ce soir, il fait la tournée n° 5 bis et il ne faut pas perdre de temps : cinq endroits en une soirée (Castel-Buddha-Bus-Cabaret-Queen), c'est déjà ardu, alors imaginez la 5 bis qui, comme son nom l'indique, s'exécute deux fois dans la nuit.

Il sort souvent seul. Les mondains sont des êtres solitaires perdus dans une abondance de connaissances floues. Ils se rassurent à coups de poignées de mains. Chaque nouvelle bise est un trophée. Ils se donnent une illusion d'importance en saluant des gens célèbres, alors qu'eux-mêmes ne fichent rien de leurs dix doigts. Ils s'arrangent pour ne fréquenter que des endroits extrêmement bruyants pour ne pas pouvoir parler. Les fêtes ont été données à l'homme pour lui permettre de cacher sa pensée. Peu d'êtres connaissent autant de monde que Marc, et peu sont aussi seuls.

Ce soir n'est pas une fête comme les autres. C'est sa divorce party ! Hourrah ! Il a commencé par acheter une bouteille dans chaque établissement. Il semblerait également qu'il les ait pas mal entamées.

Marc Marronnier, tu es le Roi de la Nuit, tout le monde t'adore, où que tu ailles les patrons de boîte t'embrassent sur la bouche, tu doubles les files d'attente, tu as la meilleure table, tu connais tous les noms de famille des gens, tu ris à toutes leurs blagues (surtout les moins drôles), on te donne de la drogue gratuite, tu es en photo partout sans raison, c'est pas croyable à quelle réussite sociale tu es arrivé en quelques années de chronique mondaine ! Un nabab ! « Mondanitor » ! Mais alors, dis donc, explique-moi un peu, pourquoi elle s'est barrée, ta femme ?

— Nous nous sommes séparés d'un commun désaccord, grommelle Marc en entrant au Bus. Puis il ajoute :

— J'ai épousé Anne parce que c'était un ange – et c'est précisément la raison de notre divorce.

J'ai cru chercher l'amour jusqu'au jour où j'ai compris que tout ce que je voulais, c'était le fuir.

L'ange étant passé, il change de sujet :

— Merde, s'écrie-t-il, les filles sont potables ici, j'aurais dû me laver les dents avant de venir. Heps ! Mademoiselle, vous êtes belle comme mon ex. Pourrais-je enlever vos vêtements, s'il vous plaît ?

Il est comme ça, Marc Marronnier : il fait semblant d'être dégueulasse sous son costard en velours lisse, parce qu'il a honte d'être doux. Il vient d'avoir trente ans : l'âge bâtard où l'on est trop vieux pour être jeune, et trop jeune pour être vieux. Il fait tout pour ressembler à sa réputation, afin de ne décevoir personne. A force de vouloir grossir son press-book, il est devenu, petit à petit, une caricature de lui-même. Cela le fatigue d'avoir à prouver qu'il est gentil et profond, alors il joue les méchants superficiels, en adoptant ce comportement désordonné, voire affligeant. C'est donc sa faute si, quand il crie sur la piste de danse : « Youpi ! J'ai divorcééé », personne ne vient le consoler. Seuls les rayons lasers transpercent son cœur comme autant d'épées.

Arrive bientôt l'heure où mettre un pied devant l'autre devient une opération compliquée. Il remonte en titubant sur son scooter. La nuit est gelée. En accélérant, Marc sent des larmes couler sur ses joues. C'est sûrement le vent. Ses paupières restent de marbre. Il ne porte pas de casque. La Dolce Vita ? Quelle Dolce Vita ? Trop de souvenirs, trop de choses à oublier, c'est un dur labeur d'effacer tout ça, il va falloir revivre tant de moments jolis pour remplacer ceux d'avant.

Il rejoint des copains au Baron, avenue Marceau. Le champagne n'est pas donné, les filles non plus. Par exemple, si tu veux faire l'amour avec deux filles, c'est 6 000 balles, alors qu'une fille seule c'est 3 000. Elles ne font même pas de tarifs dégressifs. Elles réclament du cash ; Marc sort chercher de l'argent au distributeur avec sa carte bleue ; elles l'entraînent à l'hôtel, se désapent dans le taxi, le sucent de concert, il appuie sur leurs têtes ; dans la chambre elles s'enduisent de crème parfumée, il en baise une pendant qu'elle lèche l'autre ; au bout d'un moment, incapable de jouir, il simule l'orgasme puis se rend dans la salle de bains pour jeter discrètement la capote vide à la poubelle.

Dans le taxi du retour, au petit matin, il entend :

« L'alcool a un goût amer
Le jour c'était hier
Et l'orchestre dans un habit
Un peu passé

Joue le vide de ma vie
Désintégrée. »

(Christophe, *Le Beau Bizarre*.)

Il décide que, dorénavant, il se masturbera toujours avant de sortir pour ne pas être tenté de faire n'importe quoi.

# III

## Sur la plage, abandonné

Bonjour à tous, ici l'auteur. Je vous souhaite la bienvenue dans mon cerveau, pardonnez mon intrusion. Fini de tricher : j'ai décidé d'être mon personnage principal. D'habitude, ce qui m'arrive n'est jamais grave. Personne n'en meurt autour de moi. Par exemple, je n'ai jamais mis les pieds à Sarajevo. Mes drames se nouent dans des restaurants, des boîtes de nuit et des appartements à moulures. Le truc le plus douloureux qui m'était arrivé ces derniers temps, c'était de ne pas avoir été invité au défilé de John Galliano. Et puis, tout d'un coup, voici que je meurs de chagrin. J'ai connu la période où tous mes amis buvaient, puis celle où ils se droguaient, puis celle où ils se mariaient, et maintenant je traverse celle où tous divorcent avant de mourir. Cela se passe dans des endroits pourtant très gais, comme ici, à la Voile Rouge, une plage tropézienne où il fait très chaud, *eurodance* debout sur le bar, pour rafraîchir les lumpenpétasses en bikini on les douche avec du Cristal Roederer à une brique les 75 cl avant de leur sucer le nombril. Je suis encerclé de rires forcés. J'ai envie de me noyer dans la mer mais il y a trop de jet-skis.

Comment ai-je pu laisser les apparences dicter ma vie à ce point-là ? On dit souvent qu'« il faut sauver les apparences ». Moi je dis qu'il faut les assassiner car c'est le seul moyen d'être sauvé.

## IV

## L'être le plus triste
## que j'aie jamais rencontré

L'hiver, à Paris, il y a des endroits où il fait plus froid que d'autres. On a beau boire des alcools forts, c'est comme si un blizzard soufflait jusqu'au fond des bars. L'ère glaciaire est en avance. Même la foule donne des frissons.

J'ai fait les choses comme il fallait : né dans un bon milieu, je suis allé à l'école au lycée Montaigne puis au lycée Louis-le-Grand, j'ai fait des études supérieures dans des instituts où j'ai croisé des gens intelligents, je les ai invités à danser et certains sont même allés jusqu'à me donner du travail, j'ai épousé la plus jolie fille que je connaissais. Pourquoi fait-il si froid ici ? A quel moment me suis-je fourvoyé ? Moi, je ne demandais pas mieux que de vous faire plaisir ; être comme il faut ne me dérangeait pas tant

que ça. Pourquoi je n'y ai pas droit, moi aussi ?
Pourquoi, au lieu du bonheur simple que l'on
m'avait fait miroiter, n'ai-je trouvé qu'un compliqué délabrement ?

Je suis un homme mort. Je me réveille chaque
matin avec une insoutenable envie de dormir. Je
m'habille de noir car je suis en deuil de moi-
même. Je porte le deuil de l'homme que j'aurais
pu être. Je déambule d'un pas fixe, rue des
Beaux-Arts – la rue où Oscar Wilde est mort,
comme moi. Je vais au restaurant pour ne rien
manger. Les maîtres d'hôtel sont vexés que je ne
touche pas à leurs assiettes. Mais vous en connaissez beaucoup, vous, des morts qui finissent le
plat de résistance en se pourléchant les babines ?
Tout ce que je bois, c'est donc à jeun. Avantage :
l'ivresse rapide. Inconvénient : l'ulcère à l'estomac.

Je ne souris plus. C'est au-dessus de mes
forces. Je suis mort et enterré. Je ne ferai pas
d'enfants. Les morts ne se reproduisent pas. Je
suis un mort qui serre des mains à des gens dans
des cafés. Je suis un mort plutôt convivial, et
très frileux. Je crois que je suis la personne la
plus triste que j'aie jamais rencontrée.

L'hiver, à Paris, quand le thermomètre descend en dessous de zéro, l'être humain a besoin d'arrière-salles éclairées la nuit. Là, caché au beau milieu du troupeau, il peut enfin se mettre à trembler.

# V

## Date limite de fraîcheur

On peut être grand, brun, et pleurer. Pour ce faire, il suffit de découvrir tout d'un coup que l'amour dure trois ans. C'est le genre de découverte que je ne souhaite pas à mon pire ennemi – ce qui est une figure de style puisque je n'en ai pas. Les snobs n'ont pas d'ennemis, c'est pourquoi ils disent du mal de tout le monde : pour essayer d'en avoir.

Un moustique dure une journée, une rose trois jours. Un chat dure treize ans, l'amour trois. C'est comme ça. Il y a d'abord une année de passion, puis une année de tendresse et enfin une année d'ennui.

La première année, on dit : « Si tu me quittes, je me TUE. »

La seconde année, on dit : « Si tu me quittes, je souffrirai mais je m'en remettrai. »

La troisième année, on dit : « Si tu me quittes, je sabre le champagne. »

Personne ne vous prévient que l'amour dure trois ans. Le complot amoureux repose sur un secret bien gardé. On vous fait croire que c'est pour la vie alors que, chimiquement, l'amour disparaît au bout de trois années. Je l'ai lu dans un magazine féminin : l'amour est une poussée éphémère de dopamine, de noradrénaline, de prolactine, de lulibérine et d'ocytocine. Une petite molécule, la phényléthylamine (PEA), déclenche des sensations d'allégresse, d'exaltation et d'euphorie. Le coup de foudre, ce sont les neurones du système limbique qui sont saturés en PEA. La tendresse, ce sont les endorphines (l'opium du couple). La société vous trompe : elle vous vend le grand amour alors qu'il est scientifiquement démontré que ces hormones cessent d'agir après trois années.

D'ailleurs, les statistiques parlent d'elles-mêmes : une passion dure en moyenne 317,5 jours (je me demande bien ce qui se passe durant la dernière demi-journée…), et, à Paris, deux couples mariés sur trois divorcent dans les trois ans qui suivent la cérémonie. Dans les annuaires démographiques des Nations Unies, des spécialistes du recensement posent des questions sur le divorce dèpuis 1947 aux habitants de soixante-deux pays. La majorité des divorces a lieu au cours de la quatrième année de mariage (ce qui veut dire que les procédures ont été enclenchées en fin de troisième année). « En Finlande, en Russie, en Égypte, en Afrique du Sud, les centaines de millions d'hommes et de femmes étudiés par l'ONU, qui parlent des langues différentes, exercent des métiers différents, s'habillent de façon différente, manipulent des monnaies, entonnent des prières, craignent des démons différents, nourrissent une infinie variété d'espoirs et de rêves... connaissent tous un pic des divorces juste après trois ans de vie commune. » Cette banalité n'est qu'une humiliation supplémentaire.

Trois ans ! Les statistiques, la biochimie, mon cas personnel : la durée de l'amour reste toujours identique. Coïncidence troublante. Pourquoi trois ans et pas deux, ou quatre, ou six cents ? A mon avis, cela confirme l'existence de ces trois étapes que Stendhal, Barthes, et Barbara Cartland ont souvent distinguées : Passion-Tendresse-Ennui, cycle de trois paliers qui durent chacun une année – un triangle aussi sacré que la Sainte Trinité.

La première année, on achète des meubles.

La deuxième année, on déplace les meubles.

La troisième année, on partage les meubles.

La chanson de Ferré résumait tout : « Avec le temps on n'aime plus. » Qui êtes-vous pour oser vous mesurer à des glandes et des neurotransmetteurs qui vous laisseront tomber inéluctablement à la date prévue ? A la rigueur on pouvait discuter le lyrisme du poète, mais contre les sciences naturelles et la démographie, la défaite est assurée.

# VI

## Le bout du rouleau

Je suis rentré chez moi dans un état déplorable. Bon sang, mais quelle misère de se mettre dans des états pareils à mon âge ! Le culte de la cuite, ça passe à dix-huit ans, à trente c'est pathétique. J'ai gobé un demi-ecstasy pour rouler des pelles à des inconnues. Sans cela, j'aurais été trop timide pour tenter ma chance. Le nombre de filles que je n'ai jamais embrassées par crainte de me prendre une veste est incalculable. C'est ce qui fait mon charme : j'ignore si j'en ai. Au Queen, les deux jolies blondes saoules qui fourraient leurs langues dans mes oreilles, en créant un effet de glougloutage stéréophonique, m'ont demandé :

— On va chez toi ou chez nous ?

Après leur avoir roulé un patin collectif à toutes les deux (et mordu leurs quatre seins), j'ai répondu fièrement :

— Vous chez vous, et moi chez moi. J'ai pas

29

de capotes, et puis ce soir je fête mon divorce, j'aurais trop peur de ne pas bander.

Au bout du scooter, j'ai retrouvé mon appartement déserté. La main de l'angoisse a empoigné mon estomac : descente d'x. Pas besoin de ça : à quoi sert-il de passer la soirée à se fuir soi-même si c'est pour être rattrapé en bout de course à son domicile ? Dans les poches de mon manteau, j'ai récupéré un reste de cocaïne dans une enveloppe. Reniflé à même le papier kraft. Cela amortira le spleen. Il reste de la poudre blanche sur le bout de mon nez. Maintenant je n'ai plus sommeil. Le jour s'est levé, la France va se mettre au travail. Et pendant ce temps un adolescent attardé ne bougera pas avant des heures. Trop défoncé pour dormir, lire ou écrire, je fixerai le plafond en serrant les dents. Avec ce visage rougeaud et ce nez blanchi, j'aperçois dans le miroir un clown en négatif.

Je n'irai pas travailler aujourd'hui. Fierté d'avoir refusé une partouze bisexuelle le lendemain de mon divorce. Marre de ces filles avec qui tu couches mais contre qui tu détestes te réveiller.

A part une casserole de lait qui déborde, il n'y a pas grand-chose sur terre de plus sinistre que moi.

# VII

## Recette pour aller mieux

Répéter souvent ces trois phrases :

1) LE BONHEUR N'EXISTE PAS.
2) L'AMOUR EST IMPOSSIBLE.
3) RIEN N'EST GRAVE.

Sans rire, cela paraît idiot, mais cette recette m'a peut-être sauvé la vie quand je touchais le fond. Essayez-la dès votre prochaine dépression nerveuse. Je vous la recommande.

Voici également une liste de chansons tristes à écouter pour remonter la pente : *April come she will* de Simon & Garfunkel (20 fois), *Trouble* de Cat Stevens (10 fois), *Something in the way she moves* de James Taylor (10 fois), *Et si tu n'existais pas* de Joe Dassin (5 fois), *Sixty years on* suivi de *Border Song* d'Elton John (40 fois), *Everybody hurts* de REM (5 fois), *Quelques mots d'amour* de Michel Berger (40 fois mais ne vous en vantez pas trop), *Memory Motel* des Rolling Stones (8 fois et demie), *Living without you* de Randy Newman (100 fois), *Caroline No* des Beach Boys (600 fois), *la Sonate à Kreutzer* de Ludwig van Beethoven (6 000 fois). Bon concept de compil, ça : j'ai déjà le slogan.

« La Compil Cafard,
la Compil qui broie du noir. »

# VIII

## Pour ceux qui ont manqué le début

A trente ans, je suis toujours incapable de regarder une jolie fille dans les yeux sans rougir. Il est consternant d'être aussi émotif. Trop blasé pour tomber vraiment amoureux, et cependant trop sensible pour rester indifférent. Bref, trop faible pour rester marié. Mais quelle mouche m'a piqué ? Évidemment, la tentation serait grande de vous renvoyer aux deux tomes précédents, mais après tout, ce ne serait pas très fair-play, étant donné que ces chefs-d'œuvre romantiques ont été pilonnés peu après leur succès d'estime.

Alors résumons les épisodes précédents : j'étais un viveur impénitent, pur produit de notre société de luxe inutile. Né le 21 septembre 1965, vingt ans après Auschwitz, le premier jour de l'automne. Je suis venu au monde le jour où les feuilles commencent à tomber des arbres, le jour où les jours raccourcissent. D'où, peut-être, un tempérament désenchanté. Je gagnais ma vie en alignant des mots, dans des journaux ou des agences de publicité – ces dernières ayant l'avantage de payer plus cher un nombre inférieur de mots. Je me suis fait connaître en organisant des fêtes à Paris à un moment où il n'y avait plus de fêtes à Paris. Cela n'a rien à voir avec les mots, et pourtant c'est ainsi que je me suis fait un nom, probablement parce qu'à notre époque les aligneurs de mots sont jugés moins importants que les gens qui se pavanent dans les pages nocturnes de quelques magazines.

J'ai surpris ceux qui s'intéressaient à ma biographie lorsque je me suis marié par amour. Un jour, dans un regard bleu, j'avais cru entrevoir l'éternité. Moi qui passais ma vie à courir d'une soirée à l'autre et d'un métier à l'autre pour ne pas avoir le temps de déprimer, je me suis imaginé heureux.

Anne, ma femme, était irréelle, d'une beauté lumineuse, presque impossible. Beaucoup trop jolie pour être heureuse – mais cela, je ne l'ai su que trop tard. Je la regardais pendant des heures. Parfois elle s'en rendait compte et me le reprochait : « Arrête de m'observer, s'écriait-elle, tu me gênes. » Mais la regarder vivre était devenu mon spectacle préféré. Les garçons comme moi, qui se sont trouvés moches dans leur enfance, sont en général tellement étonnés d'arriver à séduire une jolie fille qu'ils les demandent en mariage un peu vite.

La suite n'est pas d'une folle originalité : disons, pour ne pas entrer dans les détails, que nous nous sommes installés dans un appartement trop petit pour un si grand amour. Du coup, nous sortions trop souvent de chez nous, et fûmes entraînés dans un tourbillon assez corrompu. Les gens disaient de nous :

— Ils sortent beaucoup, ces deux-là.

— Oui, les pauvres… Comme ils doivent aller mal !

Et les gens n'avaient pas complètement tort, même s'ils étaient bien contents d'avoir, pour une fois, une jolie fille dans leurs soirées glauques.

La vie est ainsi faite que, dès que vous êtes un tantinet heureux, elle se charge de vous rappeler à l'ordre.

Nous fûmes infidèles, à tour de rôle.

Nous nous sommes quittés comme nous nous étions mariés : sans savoir pourquoi.

Le mariage est une gigantesque machination, une escroquerie infernale, un mensonge organisé, dans lequel nous avons péri comme deux enfants. Pourquoi ? Comment ? C'est très simple. Un jeune homme demande sa main à la femme qu'il aime. Il crève de trouille, c'est mignon, il rougit, il transpire, il bégaye et elle, elle a les yeux qui brillent, elle rit nerveusement, lui fait répéter sa question. Dès qu'elle a dit oui, soudain une interminable liste d'obligations vont leur tomber dessus, dîners et déjeuners de famille, plans de table, essayages de la robe, engueulades, interdit de roter ou péter devant les beaux-parents, tenez-vous droit, souriez, souriez, c'est un cauchemar sans fin et ce n'est que le tout début : ensuite, vous allez voir, tout est organisé pour qu'ils se détestent.

# IX

## Pluie sur Copacabana

Les contes de fées n'existent que dans les contes de fées. La vérité est plus décevante. La vérité est toujours décevante, c'est pourquoi tout le monde ment.

La vérité, c'est la photo d'une autre femme trouvée par inadvertance dans mon sac de voyage, à Rio de Janeiro (Brésil), la veille du Jour de l'An. La vérité, c'est que l'amour commence dans l'eau de rose et finit en eau de boudin. Anne cherchait sa brosse à cheveux et fut décoiffée par un Polaroid de femme assorti de quelques lettres d'amour qui n'étaient pas d'elle.

A l'aéroport de Rio, Anne m'a largué. Elle voulait rentrer à Paris sans moi. Je n'étais pas en position de la contredire. Elle pleurait avec étonnement. L'effroi de quelqu'un qui a tout perdu en vingt secondes. C'était une petite fille adorable qui découvrait d'un seul coup que la vie est épouvantable et que son mariage s'écroulait. Elle ne voyait plus rien, il n'y avait plus d'aéroport, plus de file d'attente, plus de tableaux d'affichage, tout avait disparu, sauf moi, son bourreau. Comme je regrette aujourd'hui de ne pas l'avoir serrée dans mes bras ! Mais j'étais gêné que ses larmes n'arrêtassent pas de couler, et tout le monde me regardait. Il est toujours assez embarrassant d'être un salaud en public.

Au lieu de lui demander pardon, je lui ai dit : « Monte, tu vas rater l'avion. » Je n'ai rien fait pour la sauver. Rien que d'y repenser aujourd'hui, j'en ai encore mon grand menton qui tremble. Elle avait un regard implorant, triste, embué, haineux, battu, inquiet, déçu, innocent, fier, méprisant qui restait tout de même bleu. Jamais je ne l'oublierai : ce regard découvrait la douleur. Il faudra que j'apprenne à vivre avec cette saloperie sur le dos. On s'apitoie sur ceux qui souffrent mais pas sur ceux qui font du mal. Débrouille-toi comme un grand, mon vieux. Tu es celui qui n'a pas tenu ses promesses. Souviens-toi de la fin d'*Adolphe* : « La grande question dans la vie, c'est la douleur que l'on cause, et la métaphysique la plus ingénieuse ne justifie pas l'homme qui a déchiré le cœur qui l'aimait. »

Après, j'ai traîné seul sur Copacabana, le cœur brisé, j'ai bu, esseulé comme personne ne le fut jamais, vingt caïpirinhas, je me sentais merdique, injuste et monstrueux. J'allais devenir une sorte de caillou froid. Pour la première fois depuis des décennies, il pleuvait sur le Réveillon de Rio. Punition divine. Agenouillé sur le sable, dans les tambours assourdissants de la samba, je me suis moi aussi mis à pleuvoir.

Il y a des nuits où dormir serait un luxe. Dormir pour pouvoir se réveiller de ce mauvais rêve. On aimerait que tout ceci ne soit jamais arrivé. On voudrait faire « pomme z » avec sa vie. Car c'est soi-même qu'on abîme le plus, quand on fait souffrir quelqu'un.

Oui, c'est vrai, je me souviens très bien de la nuit où j'ai cessé de dormir. Un million de Brésiliens vêtus de blanc, sous la pluie, sur la plage. Feu d'artifice géant devant le Méridien. Il fallait jeter des fleurs blanches dans les vagues en faisant un vœu que les divinités réaliseraient dans l'année. J'ai balancé un bouquet dans les flots en souhaitant très fort que tout s'arrange. Je ne sais pas ce qui s'est passé : mes fleurs devaient être fanées, ou les dieux absents. En tout cas, je n'ai jamais été exaucé.

# X

## Palais de justice de Paris

Le divorce n'est jamais léger. Quelles sortes d'ordures sommes-nous devenus pour croire qu'il s'agit d'un acte sans gravité ? Anne a cru en moi. Elle m'a confié sa vie devant Dieu (et, plus impressionnant : devant la République Française). J'ai signé un pacte par lequel je lui promettais de m'occuper d'elle toujours et d'élever nos enfants. Je l'ai escroquée. C'est elle qui a demandé le divorce : juste retour des choses, puisque c'est moi qui l'avait demandée en mariage. Nous n'aurons pas d'enfants et tant mieux pour eux. Je suis un traître et un lâche, ce qui aurait fait beaucoup pour un père de famille. Je plaide coupable – pour cesser de culpabiliser.

Pourquoi n'y a-t-il personne aux divorces ? A mon mariage, tous mes amis m'entouraient. Mais le jour de mon divorce, je suis incroyablement seul. Pas de témoins, ni de demoiselles d'honneur, pas de famille, ni de copains bourrés pour me taper dans le dos. Ni fleurs, ni couronnes. J'aurais aimé qu'on me lance quelque chose, à défaut de riz, je ne sais pas, des tomates pourries, par exemple. A la sortie du Palais de justice, ce genre de projectile est pourtant monnaie courante. Où sont-ils, tous ces proches qui se gavaient de petits fours à mes noces et qui à présent me boycottent, alors que ce devrait être l'inverse – on devrait toujours se marier seul et divorcer avec le soutien de tous ses amis ?

Il paraît que certains pasteurs anglicans organisent des cérémonies religieuses de divorce à l'amiable, avec bénédiction des séparés et remise solennelle des alliances à l'officiant. « Mon père, je vous rends cette bague comme le signe que mon mariage est terminé. » Je trouve que cela a de la gueule. Le Pape devrait étudier la question : cela ramènerait du monde dans les églises, et puis la revente des alliances rapporterait plus que la quête, non ? Idée à creuser, me dis-je alors que le juge des divorces tente la conciliation. Il nous demande, à Anne et moi, si nous sommes sûrs de vouloir divorcer. Il nous parle comme si nous étions des enfants de quatre ans. J'ai envie de lui répondre que non, que nous sommes venus ici pour faire un tennis. Et puis je réfléchis, et je me rends compte qu'il nous a percés à jour : il a raison, nous sommes des enfants de quatre ans.

Le divorce est un dépucelage mental. En l'absence de la « bonne guerre » que nous mériterions, ce genre de désastres (tout comme perdre sa mère ou son père, se retrouver paralysé après un accident de voiture, perdre son logement à la suite d'un licenciement abusif) sont les seuls événements qui nous apprennent à devenir des hommes.

… Et si l'adultère m'avait rendu adulte ?

On fait semblant d'être indifférent au divorce, mais arrive bientôt le moment terrible où l'on comprend être passé de « la Belle au bois dormant » à « Nous ne vieillirons pas ensemble ». Adieu souvenirs charmants, il faut renoncer aux surnoms adorables qu'on se donnait, brûler les photos du voyage de noces, éteindre la radio quand on y entend une chanson qu'on fredonnait ensemble. Certaines phrases vous mettent hors de vous : « Je m'habille comment ? », « Qu'est-ce qu'on fait ce soir ? », car elles vous rappellent de mauvais souvenirs. Vous aurez inexplicablement les larmes aux yeux chaque fois que vous assisterez à des retrouvailles dans un aéroport. Et même le Cantique des Cantiques deviendra une torture : « Vos joues ont la beauté de la tourterelle, et votre cou est comme de riches colliers… Vous avez blessé mon cœur, ma sœur, mon épouse, vous avez blessé mon cœur par l'un de vos yeux et par un cheveu de votre cou. »

Les seules fois où l'on se croisera désormais, ce sera en présence d'une souriante avocate qui aura, par-dessus le marché, le mauvais goût d'être enceinte jusqu'aux dents. On se fera la bise comme de vieux amis. On ira boire un café ensemble comme si la Terre ne venait pas de s'écrouler. Autour de nous les gens continueront de vivre. On bavardera d'un ton badin, puis, quand on se séparera, l'air de rien, ce sera pour toujours. « Au revoir » sera le dernier mensonge.

# XI

## L'homme de trente ans

Dans mon milieu, on ne se pose aucune question avant l'âge de trente ans et, à ce moment-là, bien sûr, il est trop tard pour y répondre.

Voici comment ça se passe : tu as 20 ans, tu déconnes un brin, et quand tu te réveilles tu en as 30. C'est fini : plus jamais ton âge ne commencera par un 2. Tu dois te résoudre à avoir dix ans de plus qu'il y a dix ans, et dix kilos de plus que l'année dernière. Combien d'années il te reste ? 10 ? 20 ? 30 ? L'espérance de vie moyenne t'en accorde encore 42 si tu es un homme, 50 si tu es une femme. Mais elle ne compte pas les maladies, les cheveux qui tombent, le gâtisme, les taches sur les mains. Personne ne se pose ces questions : En avons-nous assez profité ? Aurions-nous dû vivre autrement ? Sommes-nous avec la bonne personne, dans le bon endroit ? Que nous propose ce monde ? De la naissance à la mort, on branche nos vies sur pilotage automatique, et il faut un courage surhumain pour en changer le cours.

A 20 ans, je croyais tout savoir de la vie. A 30 ans, j'ai appris que je ne savais rien. Je venais de passer dix années à apprendre tout ce qu'il me faudrait, par la suite, désapprendre.

Tout était trop parfait. Il faut se méfier des couples idéaux : ils aiment trop être beaux ; ils se forcent à sourire, comme s'ils assuraient la promotion d'un nouveau film au Festival de Cannes. L'embêtant avec le mariage d'amour, c'est qu'il démarre trop haut. La seule chose qui puisse arriver d'étonnant à un mariage d'amour, c'est un cataclysme. Sinon, quoi ? La vie est finie. On était déjà au Paradis avant d'avoir vécu. On devra rester jusqu'à sa mort dans le même film parfait, avec le même casting impeccable. C'est invivable. Quand on a tout trop tôt, on finit par espérer un désastre, en guise de délivrance. Une catastrophe pour être soulagé.

J'ai mis longtemps à admettre que je ne m'étais marié que pour les autres, que le mariage n'est pas quelque chose que l'on fait pour soi-même. On se marie pour énerver ses amis ou faire plaisir à ses parents, souvent les deux, parfois l'inverse. De nos jours, les neuf dixièmes des épousailles bécébégés ne constituent que des passages obligés, des cérémonies mondaines où des parents coincés rendent des invitations. Parfois, dans certains cas gravement atteints, la belle-famille vérifie que son futur gendre figure dans le Bottin mondain, soupèse sa bague de fiançailles pour en vérifier le nombre de carats et insiste pour avoir un reportage dans *Point de Vue-Images du Monde*. Mais ce sont vraiment des cas extrêmes.

On se marie exactement comme on passe son baccalauréat ou son permis de conduire : c'est toujours le même moule dans lequel on veut se couler pour être normal, normal, NORMAL, à tout prix. A défaut d'être au-dessus de tout le monde, on veut être comme tout le monde, par peur d'être en dessous. Et c'est le meilleur moyen de ruiner un amour véritable.

Le mariage n'est d'ailleurs pas seulement un modèle imposé par l'éducation bourgeoise : il fait aussi l'objet d'un colossal lavage de cerveau publicitaire, cinématographique, journalistique, et même littéraire, une immense intox qui finit par pousser de ravissantes demoiselles à désirer la bague au doigt et la robe blanche alors que, sans cela, elles n'y auraient jamais songé. Le Grand Amour, ça oui, avec ses hauts et ses bas, bien sûr qu'elles y penseraient, sinon pourquoi vivre ? Mais le Mariage, l'Institution-qui-rend-l'Amour-Chiant, « le boulet de l'amour à perpétuité et de l'accouplement à vie » (Maupassant) : jamais. Dans un monde parfait, les filles de vingt ans ne seraient jamais attirées par une invention aussi artificielle. Elles rêveraient de sincérité, de passion, d'absolu – pas d'un type en jaquette de location. Elles attendraient l'Homme qui saurait les étonner chaque jour que Dieu fait, pas l'Homme qui va leur offrir des étagères Ikéa. Elles laisseraient la Nature – c'est-à-dire le désir – faire son office. Malheureusement leur maman frustrée leur souhaite un malheur identique, et elles-mêmes ont vu trop de soap-operas. Alors elles attendent le Prince Charmant, ce concept publicitaire débile qui fabrique des déçues, des futures vieilles filles, des aigries, alors que seul un homme imparfait peut les rendre heureuses.

Bien entendu, les bourgeois vous jureront que de tels schémas n'ont plus cours, que les mœurs ont changé, mais croyez-en une victime énervée : jamais l'oppression n'a été plus violente que dans notre époque de fausse liberté. Le totalitarisme conjugal continue, chaque jour, de perpétuer le malheur, de génération en génération. On nous impose ce pipeau en fonction de principes factices et usés, dans le but inavoué de reproduire encore et toujours un héritage de douleur et d'hypocrisie. Briser des vies reste le sport préféré des vieilles familles françaises, et elles s'y connaissent en la matière. Elles ont de l'entraînement. Oui, on peut encore l'écrire aujourd'hui : familles, je vous hais.

Je vous hais d'autant plus que je me suis rebellé beaucoup trop tard. Au fond de moi-même, j'étais bien content. J'étais un plouc de roturier, descendant de hobereaux béarnais, fier comme un paon d'épouser Anne, l'aristo-chatte de porcelaine. J'ai été imprudent, fat, naïf et stupide. Je le paye cash. J'ai mérité cette débâ-cle. J'étais comme tout le monde, comme vous qui me lisez, persuadé d'être l'exception qui confirme la règle. Évidemment, le malheur allait m'éviter, nous passerions entre les gouttes. L'échec n'arrive qu'aux autres. L'amour s'en est allé un jour, et j'ai été réveillé en sursaut. Jus-que-là, je m'étais forcé à jouer le mari comblé. Mais je me mentais à moi-même depuis trop longtemps pour ne pas, un jour, commencer à mentir à quelqu'un d'autre.

# XII

## Les illusions perdues

Notre génération est trop superficielle pour le mariage. On se marie comme on va au McDo. Après, on zappe. Comment voudriez-vous qu'on reste toute sa vie avec la même personne dans la société du zapping généralisé ? Dans l'époque où les stars, les hommes politiques, les arts, les sexes, les religions n'ont jamais été aussi interchangeables ? Pourquoi le sentiment amoureux ferait-il exception à la schizophrénie générale ?

Et puis d'abord, d'où nous vient donc cette curieuse obsession : s'escrimer à tout prix pour être heureux avec une seule personne ? Sur 558 types de sociétés humaines, 24 % seulement sont monogames. La plupart des espèces animales sont polygames. Quant aux extra-terrestres, n'en parlons pas : il y a longtemps que la Charte Galactique X23 a interdit la monogamie dans toutes les planètes de type B#871.

Le mariage, c'est du caviar à tous les repas : une indigestion de ce que vous adorez, jusqu'à l'écœurement. « Allez, vous en reprendrez bien un peu, non ? Quoi ? Vous n'en pouvez plus ? Pourtant vous trouviez cela délicieux il y a peu, qu'est-ce qui vous prend ? Sale gosse, va ! »

La puissance de l'amour, son incroyable pouvoir, devait franchement terrifier la société occidentale pour qu'elle en vienne à créer ce système destiné à vous dégoûter de ce que vous aimez.

Un chercheur américain vient de démontrer que l'infidélité est biologique. L'infidélité, selon ce savant renommé, est une *stratégie génétique pour favoriser la survie de l'espèce*. Vous imaginez la scène de ménage : « Mon amour, je ne t'ai pas trompée pour le plaisir : c'était pour la survie de l'espèce, figure-toi ! Peut-être que toi tu t'en fous, mais il faut bien que quelqu'un s'en préoccupe, de la survie de l'espèce ! Si tu crois que ça m'amuse !... »

Je ne suis jamais rassasié : quand une fille me plaît, je veux en tomber amoureux ; quand j'en suis amoureux, je veux l'embrasser ; quand je l'ai embrassée, je veux coucher avec elle ; quand j'ai couché avec elle, je veux vivre avec elle dans un meublé ; quand je vis avec elle dans un

meublé, je veux l'épouser ; quand je l'ai épou-
sée, je rencontre une autre fille qui me plaît.
L'homme est un animal insatisfait qui hésite
entre plusieurs frustrations. Si les femmes vou-
laient jouer finement, elles se refuseraient à eux
pour qu'ils leur courent après toute leur vie.

La seule question en amour, c'est : à partir de
quand commence-t-on à mentir ? Êtes-vous toujours aussi heureux de rentrer chez vous pour
retrouver la même personne qui vous attend ?
Quand vous lui dites « je t'aime », est-ce que
vous le pensez toujours ? Il y aura bien – c'est
fatal – un moment où vous vous forcerez. Où
vos « je t'aime » n'auront plus le même goût.
Pour moi, le déclic, ça a été le rasage. Je me
rasais tous les soirs pour ne pas piquer Anne en
l'embrassant la nuit. Et puis, un soir – elle dor-
mait déjà (j'étais sorti sans elle jusqu'au petit
jour, typiquement le genre de comportement
minable que l'on se permet avec l'excuse du
mariage) –, je ne me suis pas rasé. Je pensais que
ce n'était pas grave, puisqu'elle ne s'en rendrait
pas compte. Alors que cela signifiait simplement
que je ne l'aimais plus.

Quand on divorce on achète toujours *La Séparation* de Dan Franck. La première scène est
émouvante : pendant une pièce de théâtre,
l'homme s'aperçoit que sa femme ne l'aime plus

car elle retire sa main de la sienne. Il tente de la reprendre mais elle l'enlève à nouveau. Je me disais : quelle salope ! Pourquoi autant de cruauté ? Ce n'est pourtant pas compliqué de laisser sa main dans la main de son mari, merde ! Jusqu'au jour où la même chose m'est arrivée. Je me suis mis à repousser la main d'Anne sans arrêt. Elle me prenait gentiment la main, ou le bras, ou bien posait sa main sur ma cuisse quand nous regardions la télé, et moi que voyais-je ? Une main molle, blancheâtre, avec la consistance d'un gant Mapa. Je frissonnais de dégoût. C'était comme si elle posait un poulpe sur moi. Je culpabilisais : mon Dieu, comment en étais-je arrivé là ? J'étais devenu la salope du livre de Dan Franck. Elle insistait pour mêler ses doigts aux miens. Je me forçais, sans parvenir à réprimer une grimace. Je me levais d'un bond, soi-disant pour aller pisser, en réalité juste pour fuir cette main. Puis je revenais sur mes pas, pris de remords, et je regardais sa main que j'avais aimée. Sa main que je lui avais demandée devant Dieu. Sa main que, trois ans plus tôt, j'aurais donné ma vie pour tenir ainsi. Et je ne ressentais que haine de moi, honte d'elle, indifférence, envie de chialer. Et je serrais contre mon cœur cette pieuvre molle, puis je lui faisais un baise-main mouillé de tristesse et de dépit.

L'amour est fini quand il n'est plus possible de revenir en arrière. C'est comme ça qu'on s'en rend compte : de l'eau a coulé sous les ponts, l'incompréhension règne ; on a rompu sans même s'en apercevoir.

# XIII

## Flirting with disaster

Cette nuit, dans le cours de ma virée, un pote est venu me parler (je ne me souviens plus qui, ni quand, et encore moins où).

— Pourquoi fais-tu la gueule ?, m'a-t-il demandé.

Je me souviens lui avoir juste répondu :

— Parce que l'amour dure trois ans.

Apparemment, cela a fait son effet : le type s'est éclipsé. Du coup, je ressers cette réplique partout où j'apparais. Dès que j'ai l'air triste et qu'on me demande pourquoi, je rétorque, de but en blanc :

— Parce que l'amour dure trois ans.

Je trouve ça d'un chic fou.

A la longue, je me dis même que ça ferait peut-être un bon titre de livre.

L'amour dure trois ans. Même si vous êtes marié depuis quarante ans, au fond de vous-

54

même, avouez que vous savez très bien que c'est vrai. Vous voyez très bien à quoi vous avez renoncé ; à quel moment vous avez abdiqué. Le jour fatidique où vous avez cessé d'avoir peur.

Entendre que l'amour dure trois ans n'est pas agréable ; c'est comme un tour de magie raté, ou comme quand le réveil sonne au milieu d'un rêve érotique. Mais il faut briser le mensonge de l'amour éternel, fondement de notre société, artisan du malheur des gens.

Après trois ans, un couple doit se quitter, se suicider, ou faire des enfants, ce qui sont trois façons d'entériner sa fin.

On nous dit souvent qu'au bout d'un certain temps, la passion devient « autre chose », de plus solide et plus beau. Que cette « autre chose », c'est l'Amour avec un grand « A », un sentiment certes moins excitant, mais aussi moins immature. J'aimerais être bien clair : cette « autre chose » m'emmerde, et si c'est cela l'Amour, alors je laisse l'Amour aux paresseux, aux découragés, aux gens « mûrs » qui se sont engoncés dans leur confort sentimental. Moi, mon amour il a un petit « a » mais de grandes envolées ; il ne dure pas très longtemps mais au moins, quand il est là on le sent passer. Leur « autre chose » en quoi ils voudraient transformer l'amour ressemble à une théorie inventée pour pouvoir se contenter de peu, et se rassurer en clamant qu'il n'y a rien de mieux. Ils me font penser aux jaloux qui rayent les portes des voitures de luxe parce qu'ils n'ont pas les moyens de s'en offrir une.

Fin de soirée apocalyptique. Envie d'en finir avec la boule dans le ventre. Vers cinq heures du matin, je téléphone à Adeline Hallyday, c'est dire si je vais mal. J'ai son numéro perso. C'est elle qui décroche : « Allô ? Allô ? Qui est à l'appareil ? » Voix rauque. Je la réveille. Pourquoi n'a-t-elle pas mis son répondeur ? Je ne sais pas quoi lui dire. « Euh... Excuse-moi de te réveiller... je voulais juste te dire bonsoir... » « C'EST QUI ? T'ES DINGUE OU QUOI, PUTAIN ? ! » Je raccroche. Assis, immobile, la tête appuyée sur les deux mains, j'hésite entre la boîte de Lexomil et la pendaison : et pourquoi pas les deux ? Je n'ai pas de corde, mais plusieurs cravates Paul Smith attachées entre elles feront bien l'affaire. Les tailleurs anglais choisissent toujours des matières très résistantes. Je colle un Post-it sur la télé : « TOUT HOMME ENCORE EN VIE APRÈS 30 ANS EST UN CON. » J'ai bien fait de louer un appartement avec poutres apparentes. Il suffit de monter sur cette chaise, là, comme ceci, puis de boire le verre de Coca-Cola contenant les anxiolytiques écrasés. Après, on passe la tête dans le nœud coulant, et au moment où l'on s'endort, logiquement, c'est pour ne plus se réveiller.

# XIV

## Résurrection provisoire

Si : on se réveille. On ouvre un œil, puis l'autre, on a doublement mal au crâne, à cause de la gueule de bois mais aussi d'une énorme bosse en phase de développement accéléré sur le haut du front. C'est l'après-midi, et l'on se sent très ridicule avec cet enchevêtrement de cravates autour du cou, allongé au pied d'une chaise renversée et d'une femme de ménage debout.

— Bonjour Carmelita... Je... J'ai dormi longtemps ?

— Pouviez-vous vous poussi s'il vo pli Missieu cé pour passé l'achpirador s'il vo pli Missieu ?

Ensuite, on trouve un mot sur sa télé : « TOUT HOMME ENCORE EN VIE APRÈS 30 ANS EST UN CON » et on est épaté par ce don de prémonition. Pauvre chéri. Ça veut plaire à toutes les jolies filles et ça déprime pour un simple divorce. Il fallait y penser plus tôt. Maintenant je n'ai plus que ma douleur pour me tenir compagnie. Quelle perte de temps que de vouloir se tuer, quand on est déjà mort.

Les suicidaires sont vraiment des gens invivables. Ma femme m'a rendu la liberté, et voici que je lui en veux. Je lui en veux de me laisser face à moi-même. Je lui en veux de m'autoriser à repartir de zéro. Je lui en veux de m'obliger à prendre mes responsabilités. Je lui en veux de m'avoir poussé à écrire ce paragraphe. J'ai souffert d'être enfermé, et maintenant je souffre d'être libre. C'est donc cela, la vie d'adulte : construire des châteaux de sable, puis sauter dessus à pieds joints, et recommencer l'opération, encore et encore, alors qu'on sait bien que l'océan les aurait effacés de toute façon ?

J'ai les paupières lourdes comme la nuit qui tombe. Cette année, j'ai beaucoup vieilli. A quoi reconnaît-on qu'on est vieux ? A ce qu'on va mettre trois jours à récupérer de cette cuite. A ce qu'on rate tous ses suicides. A ce qu'on est rabat-joie dès qu'on rencontre des plus jeunes. Leur enthousiasme nous énerve, leurs illusions nous fatiguent. On est vieux quand on a dit la veille à une demoiselle née en 1976 :

« 76 ? Je m'en souviens, c'était l'année de la sécheresse. »

N'ayant plus d'ongles à ronger, je décide de sortir dîner.

## XV

## Le mur des lamentations (suite)

J'ai beau savoir que l'amour est impossible, je suis sûr que dans quelques années, je serai fier d'y avoir cru. Personne ne pourra jamais nous enlever ça, à Anne et moi : nous y avons cru, en toute sincérité. Nous avons foncé tête baissée dans une *muleta* en béton armé. Ne riez pas. Personne ne se moque de Don Quichotte qui attaquait pourtant des moulins à vent.

Longtemps, mon seul but dans la vie était de m'autodétruire. Puis, une fois, j'ai eu envie de bonheur. C'est terrible, j'ai honte, pardonnez-moi : un jour, j'ai eu cette vulgaire tentation d'être heureux. Ce que j'ai appris depuis, c'est que c'était la meilleure manière de me détruire. Au fond, sans le faire exprès, je suis un garçon cohérent.

Je ne sais pas pourquoi j'ai accepté ce dîner chez Jean-Georges. Je n'ai toujours pas faim. J'ai toujours mis un point d'honneur à attendre d'avoir faim pour manger. L'élégance, c'est ça : manger quand on a faim, boire quand on a soif, baiser quand on bande. Mais bon, je ne vais pas attendre d'être mort d'inanition pour voir mes copains. Jean-Georges aura sûrement encore invité la même bande de malades sublimes, mes meilleurs amis. Personne ne parlera de ses problèmes car chacun saura que les autres en ont autant. On changera de sujet pour tromper le désespoir.

J'avais tort. Jean-Georges est seul chez lui. Il veut m'entendre. Il m'attrape par le col et me secoue comme un parcmètre n'imprimant pas le ticket horodateur après avoir avalé sa pièce de dix balles.

— Hier soir, je t'ai demandé pourquoi tu tirais la tronche et tu m'as répondu que l'amour durait trois ans. Non mais tu te fous de ma gueule ou quoi ? Tu te crois dans un de tes bouquins ? Je vois très bien que ton divorce n'a rien à voir là-dedans ! Alors maintenant, ça suffit les conneries, tu me parles, oui ou merde ? Sinon, à quoi je sers, moi ?

Je baisse les yeux pour cacher qu'ils s'embuent. Je fais semblant d'être enrhumé pour pouvoir renifler. Je bredouille :
— Euh... Mais non, vraiment, je ne vois pas ce que tu veux dire...

— Arrête. C'est qui ? Je la connais ?

Alors, à voix basse, le cœur gros, les pieds en dedans, je passe aux aveux :

— Elle s'appelle Alice.

# XVI

## Veux-tu être mon harem ?

Alors voilà : Marc et Alice se sont mariés il y a trois ans. L'embêtant, c'est qu'ils ne se sont pas mariés ensemble.

Marc a épousé Anne, et Alice s'est mariée avec Antoine. C'est ainsi : la vie s'arrange toujours pour compliquer les choses – ou bien est-ce nous qui recherchons la complication ?

C'est la photo d'Alice qu'Anne a découverte à Rio. Un ravissant Polaroid d'Alice en bikini sur une plage italienne, près de Rome. A Fregene, pour être précis.

Alice et moi avons eu une « liaison extra-conjugale ». C'est ainsi qu'on appelle les plus belles passions romantiques, à notre époque. Des gens meurent d'amour tous les jours pour des « liaisons extra-conjugales ». Ce sont souvent des femmes que vous croisez dans la rue. Elles n'ont l'air de rien car elles cachent en elles ce secret, mais quelquefois vous les verrez pleurer sans raison devant un mauvais feuilleton, ou sourire d'une façon extatique dans le métro et alors, alors vous saurez de quoi je parle. Souvent, la situation est bancale : une femme célibataire aime un homme marié, il ne veut pas quitter sa femme, c'est affreux, abject, banal. Là, nous étions tous les deux mariés quand nous nous sommes rencontrés. L'équilibre était presque parfait. Seulement, j'ai craqué le premier : c'est moi qui divorce, alors qu'Alice n'en a pas du tout l'intention. Pourquoi quitterait-elle son mari pour un dingue qui crie sur les toits que l'amour dure trois ans ?

Je devrais lui dire que je ne le pense pas vraiment mais ce serait mentir. Or, j'en ai assez de mentir. J'en ai assez de ma double vie. La polygamie est entièrement légale en France : il suffit d'être doué pour le mensonge. Il n'est pas très sorcier d'avoir plusieurs femmes. Cela demande seulement un peu d'imagination et beaucoup d'organisation. Je connais plein de mecs qui ont un harem, en France, en plein 1995. Chaque soir, ils choisissent celle qu'ils vont appeler, et le pire c'est qu'elle accourt, la pauvre élue. Pour faire ça, il faut être diplomate et hypocrite, ce qui revient à peu près au même. Mais moi j'en ai marre. Je n'en peux plus. Déjà que je suis schizophrène dans ma vie professionnelle, je refuse de le devenir dans ma vie sentimentale. Je trouve que ce serait beau, de ne faire qu'une seule chose à la fois, pour une fois.

Résultat : de nouveau seul.

L'amour est une catastrophe magnifique : savoir que l'on fonce dans un mur, et accélérer quand même ; courir à sa perte, le sourire aux lèvres ; attendre avec curiosité le moment où cela va foirer. L'amour est la seule déception programmée, le seul malheur prévisible dont on redemande. Voilà ce que j'ai dit à Alice, avant de la supplier à genoux de partir avec moi – en vain.

# XVII

## Dilemmes

Un jour, le malheur est entré dans ma vie et moi, comme un con, je n'ai plus jamais réussi à l'en déloger.

L'amour le plus fort est celui qui n'est pas partagé. J'aurais préféré ne jamais le savoir, mais telle est la vérité : il n'y a rien de pire que d'aimer quelqu'un qui ne vous aime pas – et en même temps c'est la chose la plus belle qui me soit jamais arrivée. Aimer quelqu'un qui vous aime aussi, c'est du narcissisme. Aimer quelqu'un qui ne vous aime pas, ça, c'est de l'amour. Je cherchais une épreuve, une expérience, un rendez-vous avec moi-même qui puisse me transformer : malheureusement, j'ai été exaucé au-delà de mes espérances. J'aime une fille qui ne m'aime pas, et je n'aime plus celle qui m'aime. J'utilise les femmes pour me détester moi-même.

« Fan-Chiang demanda : — Qu'est-ce que l'amour ?

Le maître dit : — Donner plus de prix à l'effort qu'à la récompense, cela s'appelle l'amour. » (Confucius)

Merci, fourbe oriental, mais moi je ne cracherais pas non plus sur la récompense. En attendant, je suis abandonné. Dès qu'Alice a appris que ma femme m'avait quitté, elle a pris peur et fait marche arrière. Plus de coups de fil, plus de messages sur la boîte vocale 3672, ni de numéros de chambres d'hôtel sur le répondeur du Bi-Bop[1]. Je suis comme une petite maîtresse collante qui attend que son homme marié se souvienne de son petit cul. Moi qui n'affectionnais que les larges avenues, je me retrouve « back street ». Une seule question me taraude sans cesse et résume toute mon existence :

Qu'y a-t-il de pire : faire l'amour sans aimer, ou aimer sans faire l'amour ?

---

1. Le Bi-Bop et le 3672 Memophone sont des inventions technologiques de France Telecom exclusivement destinées à favoriser l'adultère, dans le but de se faire pardonner la cafteuse touche « Bis » et les nombreux deals de drogue effectués grâce au « Tatoo ».

J'ai l'impression d'être comme Milou quand il a ses crises de conscience, avec d'un côté le petit ange qui lui dit de faire le bien, et de l'autre le mini-démon qui lui enjoint de faire le mal. Moi, j'ai un angelot qui veut que je revienne avec ma femme, et un diablotin qui me suggère de coucher avec Alice. Dans ma tête c'est un talk-show permanent entre eux deux, en direct. J'aurais préféré que le diable m'ordonne de coucher avec ma femme.

# XVIII
## Des hauts et des bas

La vie est un sitcom : une suite de scènes qui se déroulent toujours dans les mêmes décors, avec à peu près les mêmes personnages, et dont on attend les prochains épisodes avec une impatience teintée d'abrutissement. L'entrée en scène d'Alice là-dedans m'a surpris, un peu comme si l'une des trois *Drôles de dames* débarquait sur le plateau d'*Hélène et les garçons*.

Pour décrire Alice, je n'irai pas par quatre chemins : c'est une autruche. Comme cet oiseau coureur, elle est grande, sauvage, et se cache dès qu'elle sent le danger. Ses interminables jambes minces (au nombre de deux) supportent un buste sensuel doté de fruits arrogants (de même nombre). De longs cheveux, noirs et raides, couronnent un visage intense bien que doux. Le corps d'Alice semble avoir été conçu exclusivement pour déstabiliser les gentils hommes mariés qui n'avaient rien demandé – ou ne demandaient pas mieux. C'est ce qui la diffé- rencie de l'autruche (avec le fait qu'Alice ne pond pas d'œufs d'1 kg : j'ai eu l'occasion de le vérifier par la suite).

Je me souviens très bien de notre première rencontre, à l'enterrement de ma grand-mère, où j'étais venu sans mon épouse, que les obliga- tions familiales ennuyaient, à juste titre. La famille est déjà quelque chose de pénible quand c'est la vôtre, alors imaginez quand c'est celle d'un autre... C'était d'ailleurs moi qui lui avais soutenu que, là où elle se trouvait, Bonne Maman ne se rendrait vraisemblablement pas compte de son absence. Je ne sais pas, j'avais dû sentir que quelque chose allait m'arriver.

Toute l'église surveillait mon grand-père pour voir s'il pleurerait. « BON DIEU, FAITES QU'IL TIENNE », priais-je. Mais le curé avait une botte secrète : il évoqua les cinquante ans de mariage de Bon Papa avec Bonne Maman. L'œil de mon grand-père, pourtant colonel en retraite, se mit à rougir. Lorsqu'il versa une larme, ce fut comme un signal de départ : la famille entière ouvrit les vannes, sanglota, se répandit en regar- dant le cercueil. Il était inimaginable de se dire que Bonne Maman était là-dedans. Il a fallu qu'elle meure pour que je me rende compte à quel point je tenais à elle. Zut, à la fin. Quand je ne quittais pas les gens que j'aimais, c'étaient eux qui mouraient. Je me suis mis à pleurer sans aucune retenue car je suis un garçon influençable.

Quand j'ai cessé de voir trouble, j'ai aperçu une belle brune qui m'observait. Alice m'avait vu dégouliner. Je ne sais pas si c'est l'émotion, ou le contraste avec le lieu, mais j'ai ressenti une immense attirance pour cette mystérieuse apparition en pull moulant noir. Plus tard, Alice m'avoua qu'elle m'avait trouvé très beau : mettons cette erreur d'appréciation sur le compte de l'instinct maternel. L'essentiel, c'est que mon attirance était réciproque – elle avait envie de me consoler, cela se voyait. Cette rencontre m'a appris que la meilleure chose à faire dans un enterrement, c'est de tomber amoureux.

C'était une amie d'une cousine. Elle me présenta son mari, Antoine, très gentil, trop, peut-être. Pendant qu'elle embrassait mes joues mouillées, elle comprit que j'avais compris qu'elle avait vu que j'avais vu qu'elle m'avait regardé comme elle m'avait regardé. Je me souviendrai toujours de la première chose que je lui ai dite :

— J'aime bien la structure osseuse de ton visage.

J'eus le loisir de la détailler. Une jeune femme de 27 ans, simplement belle. Frémissement de cils. Rire boudeur qui fait bondir ton cœur dans sa cage thoracique soudain trop étroite. Merveille de regards détournés, de cheveux dénoués, de cambrure au bas du dos, de dents éclatantes. Mowgli Cardinale dans *Le Livre du Guépard*. Betty Page étirée sur un mètre soixante-dix-sept. Une folle rassurante. Une allumeuse calme, d'une réserve impudique. Une amie, une ennemie.

Comment se faisait-il que je ne l'aie jamais rencontrée ? A quoi me servait-il de connaître tant de monde si cette fille n'en faisait pas partie ?

Il faisait froid sur le parvis de l'église. Vous voyez très bien où je veux en venir – oui, ses tétons durcissaient sous son pull moulant noir. Elle avait des seins érigés en système. Son visage était d'une pureté que démentait son corps sensuel. Exactement mon type : je n'aime rien tant que la contradiction entre un visage angélique et un corps de salope. J'ai des critères dichotomiques.

A cet instant précis j'ai su que je donnerais n'importe quoi pour entrer dans sa vie, son cerveau, son lit, voire le reste. Avant d'être une autruche, cette fille était un paratonnerre : elle attirait les coups de foudre.

— Tu connais le Pays basque ? lui ai-je demandé.

— Non mais ça a l'air joli.

— Ce n'est pas joli, c'est beau. Quel dommage que je sois marié et toi aussi, parce que sans cela nous aurions pu fonder une famille dans une ferme de la région.

— Avec des moutons ?

— Évidemment, avec des moutons. Et des canards pour le foie gras, des vaches pour le lait, des poules pour les œufs, un coq pour les poules, un vieil éléphant myope, une douzaine de girafes, et plein d'autruches comme toi.

— Je ne suis pas une autruche, je suis un paratonnerre.

— Eh oh ! Si en plus tu lis dans mes pensées, où allons-nous ?

Après son départ, j'ai erré, enchanté et insouciant, dans Guéthary, le village de Paul-Jean Toulet et le paradis de mon enfance. Je me suis promené, frais et léger, alors que je déteste les promenades (mais personne ne s'en préoccupa : les gens font toujours des trucs absurdes après un enterrement), j'ai déambulé devant la mer, tenant compte de chaque rocher, chaque vague, chaque grain de sable. Je sentais mon âme déborder. Tout le ciel était à moi. La Côte basque me portait plus de chance que la baie de Rio. J'ai souri aux nuages assoupis dans le ciel et à Bonne Maman qui ne m'en voulait pas.

# XIX

## Fuir le bonheur de peur
## qu'il ne se sauve

Il faut se décider : ou bien on vit avec quelqu'un, ou bien on le désire. On ne peut pas désirer ce qu'on a, c'est contre nature. Voilà pourquoi les mariages parfaits sont mis en pièces par n'importe quelle inconnue qui débarque. Même si vous avez épousé la plus jolie fille possible, il y aura toujours une inconnue nouvelle qui entrera dans votre vie sans frapper et vous fera l'effet d'un aphrodisiaque surpuissant. Or, pour aggraver les choses, Alice n'était pas n'importe quelle inconnue. Elle portait un pull moulant noir. Un pull moulant noir peut modifier le cours de deux vies.

Tous mes soucis viennent de mon incapacité puérile à renoncer à la nouveauté, d'un besoin maladif de céder à l'attrait des mille possibilités incroyables que réserve l'avenir. C'est fou comme ce que je ne connais pas m'excite plus que ce que je connais déjà. Mais suis-je anormal ? Ne préférez-vous pas lire un livre que vous n'avez pas lu, voir une pièce de théâtre que vous ne connaissez pas par cœur, élire n'importe qui Président plutôt que l'abruti qui était là avant ?

Mes meilleurs souvenirs avec Anne datent d'avant notre mariage. Le mariage est criminel car il tue le mystère. Vous rencontrez une créature envoûtante, vous l'épousez et soudain la créature envoûtante s'est volatilisée : c'est devenu votre femme. VOTRE femme ! Quelle insulte, quelle déchéance pour elle ! Alors que ce qu'on devrait chercher sans relâche, toute sa vie durant, c'est une femme qui ne vous appartienne jamais ! (De ce côté-là, avec Alice, j'allais être servi.)

Tout le problème de l'amour, me semble-t-il, est là : pour être heureux on a besoin de sécurité alors que pour être amoureux on a besoin d'insécurité. Le bonheur repose sur la confiance alors que l'amour exige du doute et de l'inquiétude. Bref, en gros, le mariage a été conçu pour rendre heureux, mais pas pour rester amoureux. Et tomber amoureux n'est pas la meilleure manière de trouver le bonheur ; si tel était le cas, depuis le temps, cela se saurait. Je ne sais pas si je suis très clair, mais je me comprends : ce que je veux dire, c'est que le mariage mélange des trucs qui ne vont pas bien ensemble.

En rentrant à Paris, je n'avais plus les mêmes yeux. Anne était tombée de son piédestal. Nous fîmes l'amour sans conviction. Ma vie était en train de basculer. Vous voyez le 35ᵉ dessous ? Eh bien moi, je venais d'emménager à l'étage inférieur.

Il n'y a pas d'amour heureux.

Il n'y a pas d'amour heureux.

IL N'Y A PAS D'AMOUR HEUREUX.

Combien de fois faudra-t-il te le répéter avant que ça te rentre bien dans le crâne, Ducon ?

# XX

## Tout fout le camp

Quand une jolie fille vous regarde comme Alice m'avait regardé, il y a deux possibilités : ou bien c'est une allumeuse et vous êtes en danger ; ou bien ce n'est pas une allumeuse et vous êtes encore plus en danger.

J'étais une huître peinarde dans son confort hermétiquement clos, et tout d'un coup, voilà-t-y pas qu'Alice me cueillait, m'ouvrait la gueule et m'aspergeait de citron.

— Seigneur, ne cessais-je de me répéter, faites que cette fille aime son mari, parce que sinon, je suis dans la merde !

Je n'ai pas donné signe de vie à Alice. J'espérais que le temps effacerait ce pincement au cœur. J'avais raison : le temps estompa mes sentiments, mais pas ceux que j'aurais voulu. C'est Anne qui en faisait les frais, à mon grand dam. Il y a beaucoup de tristesse sur terre, mais il est difficile de surpasser celle qui envahit une femme quand elle sent que l'amour qu'on lui portait s'en va, oh tout doucement, pas du jour au lendemain, non, mais irrésistiblement, comme le sable du sablier. Une femme a besoin qu'un homme l'admire pour s'épanouir, du moins c'est ainsi que je vois les choses. Une fleur a besoin de soleil. Anne se fanait sous mes yeux absents. Qu'y pouvais-je ? Le mariage, le temps, Alice, le monde, la ronde des planètes, les pulls moulants noirs, l'Europe de Maastricht, tout semblait se liguer contre notre couple innocent.

Je quittais ma femme, et pourtant c'est à moi-même que je disais au revoir. Le plus dur ne serait pas de quitter Anne mais de renoncer à la beauté de notre histoire. Je me sentais comme un aventurier qui renonce à traverser l'Atlantique à la nage : à la fois déçu et soulagé.

# XXI

## Points d'interrogation

Quand je rencontre un ami dans la rue, cela donne de plus en plus souvent ceci :

— Tiens ! Salut, ça va ?

— Non, et toi ?

— Non plus.

— Bon alors, à bientôt.

— Salut.

Ou c'est un copain qui me raconte une blague :

— Tu connais la différence entre l'amour et l'herpès ?

— …

— Allez… Cherche… Tu devines pas ?

— …

— C'est pourtant facile : l'herpès dure toute la vie.

Je ne ris pas. Je ne vois pas ce qu'il y a de drôle là-dedans. J'ai dû perdre mon sens de l'humour en cours de route.

Il est assez exaspérant de s'apercevoir que l'on a les mêmes interrogations que tout le monde. C'est une leçon de modestie.

Ai-je raison de quitter quelqu'un qui m'aime ?

Suis-je une ordure ?

A quoi sert la mort ?

Vais-je faire les mêmes conneries que mes parents ?

Peut-on être heureux ?

Est-il possible de tomber amoureux sans que cela finisse dans le sang, le sperme et les larmes ?

Ne pourrais-je pas gagner BEAUCOUP PLUS d'argent en travaillant BEAUCOUP MOINS ?

Quelle marque de lunettes de soleil faut-il porter à Formentera ?

Après quelques semaines de scrupules et de tortures, j'en vins à la conclusion suivante : si votre femme est en train de devenir une amie, il est temps de proposer à une amie de devenir votre femme.

# XXII

## Retrouvailles

La deuxième fois que j'ai vu Alice, c'était à un anniversaire quelconque dont la description nous ferait perdre du temps. Grosso modo, une amie d'Anne venait de vieillir d'un an et trouvait utile de célébrer l'événement. Quand j'ai reconnu la silhouette souple d'Alice (sa peau fragile bien qu'élastique), j'étais en train de servir une coupe de champagne à Anne. J'ai continué de remplir sa coupe un peu plus haut que le bord, inondant la nappe. Alice trinquait avec son mari. Mon visage a viré au grenat. J'ai avalé mon whisky cul sec. J'ai été obligé de regarder mes pieds pour parvenir à marcher sans trébucher. Cela m'a permis de cacher mon rougissement derrière mes cheveux. Fuyant mon épouse, je me suis rué aux chiottes pour vérifier ma coiffure, mon rasage, enlever mes lunettes, épousseter les pellicules sur mes épaules, arracher un poil qui dépassait de ma narine gauche. Que faire ? Ignorer Alice ? Pour séduire les jolies filles il ne faut pas leur parler. Il faut faire comme si elles n'existaient pas. Mais si elle s'en allait ? Ne plus revoir Alice m'était déjà un supplice. Il fallait donc lui parler sans lui parler. Je suis revenu dans le salon, pour repasser devant Alice en faisant semblant de ne pas la voir.

— Marc ! Tu ne me dis plus bonjour ?

— Oh ! Alice ! ça alors ! Excuse-moi, je ne t'avais pas vue ! Je… suis… content… de… te… revoir…

— Moi aussi ! Tu vas bien ?

Elle était mondaine, indifférente et cauchemardesque, le regard ailleurs.

— Tu te souviens d'Antoine, mon mari ?

Poignée de mains congelée.

— Tu ne nous présentes pas ta femme ?

— Ben… Elle est partie dans la cuisine pour planter les bougies sur le gâteau…

Pile comme je finissais ma phrase, les lumières s'éteignirent, les joyeux anniversaires furent entonnés, et Alice disparut dans l'adversité.

Je la vis prendre la main d'Antoine et ils s'éloignèrent comme sur un tapis roulant, tandis que la maîtresse de maison riait de son vieillissement, sous les applaudissements de copines de la même classe d'âge.

Vous qui me lisez, vous avez sûrement vu à la télévision des implosions d'immeubles : vous savez, quand on détruit des HLM à la dynamite.

Après quelques secondes de compte à rebours, on voit l'immeuble vaciller, puis s'écrouler sur lui-même comme un millefeuille, dans un nuage de poussière et de gravats. C'est exactement ce que j'ai ressenti.

Alice et Antoine marchaient vers la sortie. Il fallait faire quelque chose. Je revois toute la scène au ralenti comme si c'était hier. Je les ai suivis jusqu'au vestiaire. Là, pendant qu'Antoine fouillait parmi les cintres encombrés, Alice a tourné vers moi ses yeux noirs qui débordaient. J'ai chuchoté :

— Ce n'est pas possible, Alice, ce n'est pas toi... Il ne s'est rien passé, le mois dernier, à Guéthary ? Et ma ferme à autruches, qu'est-ce que je vais en faire ?

Son visage s'est adouci. En baissant les yeux, tout doucement, à voix basse – tellement basse que je me suis demandé si je n'avais pas rêvé – elle laissa juste tomber ces deux mots en me frôlant discrètement la main, avant de disparaître avec son mari :

— J'ai peur...

Mon destin était scellé. Anne avait beau me demander : « Mais qui est cette fille ? », l'immeuble se reconstruisait, en accéléré. On rembobinait la vidéo de son implosion. Plusieurs fanfares en célébraient l'inauguration. C'était le bal du 14 juillet, avec lampions et cotillons !

Discours du maire de Parly 2 ! Reportage en direct sur France 3 Ile-de-France ! La foule se suicide de joie ! Pan ! Pan ! Le bal popu se tue de liesse ! Mort collective ! C'est la Guyane en fête ! Le rallye du Temple Solaire ! On crevait en s'esclaffant de félicité ! La folie, putain de bordel !

Les plus belles fêtes sont celles qui ont lieu à l'intérieur de nous.

# XXIII

## Partir

Je suis fasciné par l'extrême tension électri-
que, palpable, tremblée, qui peut se créer entre
un homme et une femme qui ne se connaissent
pas, sans raisons particulières, comme ça, simplement parce qu'ils se plaisent et luttent pour
ne pas le montrer.

Nul besoin de parler. C'est une question de
moues, de poses. C'est comme une devinette,
l'énigme la plus importante de votre vie. Les
gens vulgaires nomment cela l'érotisme, alors
qu'il ne s'agit que de pornographie, c'est-à-dire
de sincérité. Le monde peut s'écrouler, vous
n'avez d'yeux que pour ces autres yeux. Au plus
profond de vous-même, en cet instant, vous
savez enfin.

Vous savez que vous pourriez partir tout de
suite avec cet être avec qui vous n'avez pas
échangé plus de trois phrases. « Partir » : le plus

beau mot de la langue française. Vous savez que vous êtes prêt à l'employer. « Partons. » « Il faut partir. » « Un jour, nous prendrons des trains qui partent » (Blondin). Vos bagages sont faits, et vous savez que le passé n'est qu'un amas confus posé derrière vous qu'il faut tenter d'oublier, puisque vous êtes en train de naître. Vous savez que ce qui se passe est très grave, et vous ne faites rien pour freiner. Vous savez qu'il n'y a pas d'autre issue. Vous savez que vous allez faire souffrir, que vous préféreriez l'éviter, qu'il faudrait raisonner, attendre, réfléchir, mais « Partir », « Partir ! » est plus fort que tout. Tout recommencer à zéro. La case « départ » promet tellement. C'est comme si on s'était jusque-là retenu de respirer sous l'eau, en apnée juvénile. L'avenir est l'épaule nue d'une inconnue. La vie vous donne une seconde chance ; l'Histoire repasse les plats.

On pourrait croire que cette attirance est superficielle mais il n'y a rien de plus profond ; on est prêt à tout ; on accepte les défauts ; on pardonne les imperfections ; on les cherche même, avec émerveillement.

On n'est jamais attiré que par des faiblesses.

Alice était troublée, je lui faisais peur ! Peur ! Pourtant le plus terrifié des deux n'était certes pas elle. Néanmoins, jamais je n'ai été aussi joyeux de foutre la trouille à quelqu'un.

Je ne savais pas encore que j'allais le regretter.

# XXIV

## Beauté des commencements

Lors d'un de nos rendez-vous clandestins, après avoir fait l'amour trois fois d'affilée en criant de plaisir à l'hôtel Henri-IV (place Dauphine), j'ai emmené Alice au Café Beaubourg. Je ne sais pourquoi, car je déteste cet endroit lugubre, comme tous les cafés « design ». Le café « design » est une invention des Parisiens pour parquer les provinciaux et déjeuner tranquille au Flore. En sortant sur la place, devant l'usine Georges-Pompidou, nous nous sommes arrêtés sous le Génitron, cette horloge qui décompte les secondes qui nous séparent de l'an 2000.

— Tu vois, Alice, cette horloge symbolise notre amour.

— Qu'est-ce que tu racontes ?

— Le compte à rebours est commencé... Un jour, tu t'ennuieras, je t'énerverai, tu me reprocheras de ne pas avoir rabaissé la lunette des chiottes, je passerai la soirée devant la télé jusqu'à la fin des programmes, et tu me tromperas, comme tu trompes Antoine en ce moment.

— Et voilà, ça y est, tu recommences… Pourquoi ne peux-tu pas profiter du moment présent, au lieu de t'angoisser sur notre futur ?

— Parce que nous n'avons pas de futur. Regarde les secondes qui défilent, elles nous rapprochent du malheur… Nous n'avons que trois ans pour nous aimer… Aujourd'hui tout est merveilleux, mais d'après mes calculs, ce sera fini entre nous le… 15 mars 1997.

— Et si je te quittais tout de suite, pour gagner du temps ?

— Non, non, attends, j'ai rien dit…

C'est à ce moment-là que je me suis rendu compte que j'aurais mieux fait de fermer ma gueule avec mes théories à la con.

— Euh… ai-je repris, tu voudrais pas quitter Antoine, plutôt ? Comme ça on pourrait s'installer dans la Petite Maison dans la Prairie, et regarder nos enfants grandir dans le Jardin Enchanté…

— Oui, c'est ça, fous-toi de moi, en plus ! Tu es gentil, mais pourquoi faut-il toujours que tu gâches tous nos bons moments avec tes crises de cafard ?

— Mon amour, si un jour tu me trompes, je te promets deux choses : d'abord je me suicide, et après je te fais une scène de ménage dont tu te souviendras.

Ainsi allions-nous, couple illégitime, promeneurs planqués côte à côte, les yeux dans les yeux, mais jamais main dans la main au cas où nous croiserions des amis de nos mari et femme.

Avec elle j'ai découvert la douceur. J'ai pris des cours de naturel, des leçons de vie. Je crois que c'est cela qui m'a séduit chez Alice. Au premier mariage on cherche la perfection, au second on cherche la vérité.

Ce qu'il y a de plus beau chez une femme, c'est qu'elle soit saine. J'aime qu'elle respire la Santé, cette prison de plaisir ! Je veux qu'elle ait envie de courir, de rire aux éclats, de se goinfrer ! Des dents aussi blanches que le blanc des yeux, une bouche fraîche comme un grand lit, des lèvres cerise dont chaque baiser est un bijou, une peau tendue comme un tam-tam, des seins ronds comme des boules de pétanque, des clavicules fines comme des ailes de poulet, des jambes dorées comme la Toscane, un cul rebondi comme une joue de bébé, et surtout, surtout PAS DE MAQUILLAGE. Il faut qu'elle sente le lait et la sueur plutôt que le parfum et la cigarette.

Le test ultime, c'est la piscine. Les êtres se révèlent au bord des piscines : une intellectuelle lira sous son chapeau, une sportive organisera un water-polo, les narcissiques soigneront leur bronzage, les hypocondriaques se tartineront d'écran total… Si, au bord d'une piscine, vous rencontrez une femme qui refuse de mouiller ses cheveux pour ne pas les décoiffer, fuyez. Si elle plonge en gloussant, plongez.

Croyez-moi : j'ai tout essayé pour me retenir de tomber amoureux. Mettez-vous à ma place : chat échaudé craint d'être ébouillanté. Mais je ne pouvais cesser de penser à Alice. Par moments je la haïssais, je la détestais vraiment, je la trouvais ridicule, mal fagotée, lâche, vulgaire, cette grande godiche faussement romantique qui voulait garder sa petite vie chiante et installée, trouillarde minable et égoïste, une Olive (la femme de Popeye) antipathique, stupide, avec sa voix de crécelle et ses goûts de fashion victim. Puis, la minute suivante, je regardais sa photo ou j'entendais son adorable voix tendre au téléphone, ou bien elle m'apparaissait et me souriait, et je tombais en admiration, ébloui par tant de beauté fine, d'yeux vertigineux, de peau douce, de longs cheveux en apesanteur, c'était une sauvageonne, brune indomptable, indienne brûlante, une Esmeralda (la femme de Quasimodo) et mon Dieu comme je bénissais alors le Ciel de m'avoir donné la chance de rencontrer pareille créature.

Voici un test très simple pour savoir si vous êtes amoureux : si au bout de quatre ou cinq heures sans votre maîtresse, celle-ci se met à vous manquer, c'est que vous n'êtes pas amoureux – si vous l'étiez, dix minutes de séparation auraient suffi à rendre votre vie rigoureusement insupportable.

# XXV
## Merci Wolfgang

Tromper sa femme n'est pas très méchant en soi, si elle ne l'apprend jamais. Je crois même que beaucoup de maris le font pour se mettre en danger, pour prendre à nouveau des risques, comme quand ils cherchaient à séduire leur épouse. En ce sens, l'adultère est peut-être une déclaration d'amour conjugal. Mais peut-être pas. En tout cas, je crois que j'aurais eu un certain mal à faire avaler cela à Anne.

Je me souviens de notre dernier dîner en tête-à-tête. Je préférerais ne pas m'en souvenir, mais je m'en souviens quand même. Il paraît que les mauvais moments font les bons souvenirs : j'aimerais tant que cela fût exact. En ce qui me concerne, ils demeurent ancrés en moi à la rubrique « mauvais moments » et je ne parviens pas à en ressentir une quelconque nostalgie. Je souhaiterais être réincarné en magnétoscope VHS pour pouvoir effacer ces images qui me hantent.

Anne m'accablait de reproches, puis s'en voulait de m'accabler de reproches, et c'était encore plus triste. Je lui expliquais que tout était de ma faute. Je m'étais fait un film, sinon pourquoi aurais-je coupé mes cheveux si courts pendant nos trois ans de mariage ? Ils étaient longs avant, et voici que je les laissais repousser. J'étais comme Samson : les cheveux courts, je ne valais pas un clou ! En plus, je n'avais jamais osé demander sa main en bonne et due forme à son père. Le mariage n'était donc pas valable. Elle riait gentiment à mes blagues. Je me sentais morveux mais elle souriait tristement comme si elle avait toujours su que cela se terminerait ainsi, dans ce joli restau, sur cette nappe blanche éclairée aux chandelles, à discuter comme de vieux copains. Nous n'avons même pas pleuré à table. On peut s'éloigner à jamais de quelqu'un, faillir à tous ses serments, et rester assis en face d'elle impunément.

Finalement elle m'annonça qu'elle m'avait trouvé un remplaçant plus célèbre, plus vieux et plus gentil que moi. C'était vrai (je le sus plus tard, le dernier informé évidemment), elle l'avait dégoté sur son lieu de travail. Je ne m'y attendais pas du tout. Je l'ai engueulée.

— Une jeune minette qui se tape des vieux

est aussi nulle qu'un vieux type qui se tape des jeunes. C'est trop facile !

— Je préfère un vieux beau rassurant à un jeune moche névrosé, m'a-t-elle répondu.

J'ignore pourquoi je m'étais imaginé qu'Anne resterait veuve éplorée, inconsolable. J'ignore aussi pourquoi cette nouvelle me vexa autant. Enfin, non, je n'ignore pas pourquoi. Je découvrais simplement que j'avais un amour-propre. Petit prétentieux. On se croit irremplaçable, et on est vite remplacé. Qu'est-ce que je m'étais imaginé ? Qu'elle se tuerait ? Qu'elle se laisserait dépérir ? Pendant que je rêvais d'Alice, jeune gandin persuadé d'être un superbe play-boy couvert de femmes, Anne pensait à mon remplaçant et me cocufiait allègrement en s'arrangeant pour que tout le monde le sache. Je tombai de haut ce soir-là. Juste retour des choses. En rentrant à la maison, j'entendis Michel Legrand à la radio.

La Beauté finit en Laideur, le destin de la Jeunesse est d'être Flétrie, la Vie n'est qu'un lent Pourrissement, nous Mourons chaque Jour. Heureusement qu'il nous reste toujours Michel Legrand. De combien de gens Michel Legrand a-t-il sauvé la vie ?

# XXVI
## Chapitre très sexe

Il faut bien en venir à l'essentiel, à savoir le sexe. La plupart des bêcheuses de mon milieu sont persuadées que faire l'amour consiste à s'allonger sur le dos avec un abruti en smoking qui s'agite par-dessus, saoul comme une barrique, avant d'éjaculer en leur for intérieur et de se mettre à ronfler. Leur éducation sexuelle s'est faite dans les rallyes snobinards, les clubs privés chic, les discothèques de Saint-Tropez, en compagnie des plus mauvais coups de la terre : les fils-à-papa. Le problème sexuel des fils-à-papa, c'est qu'ils ont été habitués dès leur plus tendre enfance à tout recevoir sans rien donner. Ce n'est même pas une question d'égoïsme (les mecs sont TOUS égoïstes au lit), c'est juste que personne ne leur a jamais expliqué qu'il y avait une différence entre une fille et une Porsche. (Quand on abîme la fille, papa ne vient pas te gronder.)

Dieu merci, Anne ne faisait pas partie de cet extrême, mais elle n'était pas spécialement portée sur la chose. Notre plus grand délire sexuel eut lieu pendant notre voyage de noces, à Goa, après avoir fumé de la Datura. Giclage, bourrage, mouillage, spermage. Il nous fallait cette fumée pour nous décoincer sous la mousson épaisse. Mais bon, ce sommet ne fut qu'une exception hallucinée : d'ailleurs j'étais tellement épris pendant ce voyage que je l'ai même laissée me battre au ping-pong, c'est dire si je n'étais pas dans mon état normal. Oui, Anne, je te l'apprends ici même, par ce livre : pendant notre voyage de noces, j'ai fait exprès de perdre au ping-pong, OK ? ?

Le sexe est une loterie : deux personnes peuvent adorer ça séparément, et ne pas prendre leur pied ensemble. On pense que cela peut évoluer, mais ça n'évolue pas. C'est une question d'épiderme, c'est-à-dire une injustice (comme toutes les choses qui ont trait à la peau : le racisme, le délit de faciès, l'acné…).

En outre notre tendresse ne faisait qu'aggraver les choses. En amour la situation devient réellement inquiétante quand on passe du film porno au babillage. A partir du moment où l'on cesse de dire : « je vais te pourrir la bouche, espèce de petite pute » pour dire : « mon gnougnou d'amour chérie mimi trognon fais-moi un guili poutou », il y a lieu de tirer la sonnette d'alarme. On le voit très vite : même les voix muent au bout de quelques mois de vie commune. Le gros macho viril à la voix de stentor se met à parler comme un bambin sur les genoux de sa maman. La vamp fatale au ton rauque devient fillette mielleuse qui confond son mari avec un chaton. Notre amour fut vaincu par des intonations.

Et puis il y a ce monstrueux concept refroidisseur, le plus puissant somnifère jamais inventé : le Devoir Conjugal. Un ou deux jours sans baiser : pas grave, on n'en parle pas. Mais au bout de quatre ou cinq jours, l'angoisse du Devoir devient un sujet de conversation. Une autre semaine sans faire l'amour et tout le monde se demande ce qui se passe, et le plaisir devient une obligation, une corvée, il suffit que tu laisses encore une semaine s'écouler sans rien faire et la pression deviendra insoutenable, tu finiras par te branler dans la salle de bains devant des bédés pornos pour pouvoir bander, ce sera le fiasco garanti, le contraire du désir, voilà, c'est ça le Devoir Conjugal.

Notre génération est extrêmement mal éduquée sur le plan sexuel. On croit tout savoir, parce qu'on est bombardé de films X et que nos parents ont soi-disant fait la révolution sexuelle. Mais tout le monde sait que la révolution sexuelle n'a pas eu lieu. Sur le sexe comme sur le mariage, rien n'a bougé d'un millimètre depuis un siècle. On approche l'an 2000 et les mœurs sont les mêmes qu'au XIX$^e$ – et plutôt moins modernes qu'au XVIII$^e$. Les mecs sont machos, maladroits, timides, et les filles sont pudiques, mal à l'aise, complexées à l'idée de passer pour des nymphomanes. La preuve que notre génération est nulle sexuellement, c'est le succès des émissions qui parlent de cul à la radio et à la télé, et l'infime pourcentage de jeunes qui mettent un préservatif pour faire l'amour. Cela atteste bien qu'ils sont incapables d'en parler normalement. Alors imaginez, si les jeunes sont mauvais, a fortiori, les jeunes bourgeois… Une catastrophe.

Alice, elle, n'a pas fréquenté ces cercles pourris. Elle considère le sexe, non comme une obligation, mais comme un jeu dont il convient de découvrir les règles avant, éventuellement, de les modifier. Elle n'a aucun tabou, collectionne les fantasmes, veut tout explorer. Avec elle, j'ai rattrapé trente années de retard. Elle m'a appris à caresser. Les femmes, il faut les effleurer du bout des doigts, les frôler avec la pointe de la langue ; comment aurais-je pu le deviner si personne ne me l'avait dit ? J'ai découvert qu'on pouvait faire l'amour dans un tas d'endroits (un parking, un ascenseur, des toilettes de boîtes de nuit, des toilettes de train, des toilettes d'avion, et même ailleurs que dans les toilettes, dans l'herbe, dans l'eau, au soleil) avec toutes sortes d'accessoires (sados, masos, fruits, légumes) et dans toutes sortes de positions (sens dessus dessous, sans dessous dessus, à plusieurs, attaché, attachant, flagellant de Séville, jardinier des Supplices, distributeur de jus de couilles, pompe à essence, avaleuse de serpents, domina démoniaque, 3615 Nibs, gang-bang gratos aux Chandelles). Pour elle, je suis devenu plus qu'hétéro, homo ou bisexuel : je suis devenu omnisexuel. Pourquoi se limiter ?

Je veux bien baiser des animaux, des insectes, des fleurs, des algues, des bibelots, des meubles, des étoiles, tout ce qui voudra bien de nous. Je me suis même trouvé une étonnante capacité à inventer des histoires plus abracadabrantes les unes que les autres rien que pour les lui susurrer dans le creux de l'oreille pendant l'acte. Un jour, j'en publierai un recueil qui choquera ceux qui me connaissent mal. En fait, je suis devenu un authentique obsédé pervers polymorphe, bref, un bon vivant. Je ne vois pas pourquoi seuls les vieillards auraient le droit d'être libidineux.

En résumé, si une histoire de cul peut devenir une histoire d'amour, l'inverse est très rare.

# XXVII

## Correspondance (I)

Première lettre à Alice :

« Chère Alice,
Tu es merveilleuse. Je ne vois pas pourquoi, sous prétexte que tu t'appelles Alice, personne ne pourrait te dire que tu es une merveille.

J'ai la tête qui tourne. On devrait interdire aux femmes comme toi de se rendre aux enterrements de mes grand-mères. Pardon pour ce petit mot. C'était ma seule chance de rester près de toi ce week-end.

Marc. »

Aucune réponse.

Seconde lettre à Alice :

« Alice,

Dis donc, tu ne serais pas la femme de ma vie, toi, tout de même ?

Quelque chose est en train de nous arriver, non ?

Tu dis que tu as peur. Et moi, alors, qu'est-ce que je devrais dire ? Tu crois que je joue alors que je n'ai jamais été plus sérieux.

Je ne sais pas quoi faire. Je voudrais te voir mais je sais qu'il ne faut pas. Hier soir j'ai accompli mon devoir conjugal en pensant à toi. C'est ignoble. Tu as dérangé ma vie, je ne veux pas déranger la tienne. Ceci sera ma dernière lettre mais je ne t'oublierai pas tout de suite.

Marc. »

Post-scriptum : « Quand on ment, qu'on dit à une femme qu'on l'aime, on peut croire qu'on ment, mais quelque chose nous a poussé à le lui dire, par conséquent c'est vrai. » (Raymond Radiguet)

Aucune réponse. Ce ne fut pas ma dernière lettre.

# XXVIII

## Le fond du gouffre

Salut, c'est encore moi, le mort-vivant des beaux quartiers.

J'aurais aimé n'être que mélancolique, c'est chic ; au lieu de quoi je balance entre liquéfaction et déliquescence. Je suis un zombie qui hurle à la mort d'être toujours en vie. Le seul remède contre ma migraine serait un Aspégic 1000 mais je ne peux pas en prendre car j'ai trop mal à l'estomac. Si seulement je touchais le fond ! Mais non. Je descends, toujours plus bas, et il n'y a pas de fond pour rebondir.

Je traverse la ville de part en part. Je viens regarder l'immeuble où tu vis avec Antoine. Je croyais t'avoir draguée par jeu, et voici que je me retrouve errant devant ta porte, le souffle coupé. L'amour est source de problèmes respiratoires.

Les lumières de votre appartement sont allumées. Peut-être dînes-tu, ou regardes-tu la télé, ou écoutes-tu de la musique en pensant à moi, ou sans penser à moi, ou alors peut-être que tu… que vous… Non, pitié, dis-moi que tu ne fais pas ça. Je saigne debout dans ta rue, devant chez toi, mais il n'y a pas de sang qui sort, c'est une hémorragie interne, une noyade en plein air. Les passants me dévisagent : mais qui est ce type qui vient tous les jours contempler la façade de cet immeuble ? Y aurait-il un magnifique détail architectural qui nous aurait échappé ? Ou bien ce jeune mal rasé, aux cheveux ébouriffés, serait-il un nouveau SDF ? « Chérie, regarde : il y a des SDF en veste Agnès b, dans notre quartier. » « Tais-toi imbécile, tu vois bien que c'est un dealer de jeunes ! »

Le mai le si laid mois de mai. Avec ses ponts qui n'en finissent pas : Fête du Travail, Anniversaire du 8 mai 1945, Ascension, Pentecôte. Les longs week-ends sans Alice s'additionnent. Terrible privation organisée par l'État et la religion catholique, comme pour me punir de leur avoir désobéi à tous les deux. Stage intensif de souffrance.

Rien ne m'intéresse plus à part Alice. Elle prend toute la place. Aller au cinéma, manger, écrire, lire, dormir, danser le jerk, travailler, toutes ces occupations qui constituaient ma vie d'abruti à quatre patates par mois sont désormais sans saveur. Alice a décoloré l'univers. Tout d'un coup j'ai 16 ans. J'ai même acheté son parfum pour le respirer en pensant à elle, mais ce n'était plus son odeur adorable de peau amoureuse brune endormie longues jambes ravissante minceur aux cheveux de sirène alanguie. On n'enferme pas tout cela dans un flacon.

Au XX$^e$ siècle, l'amour est un téléphone qui ne sonne pas. Après-midi entiers à guetter chaque bruit de pas dans l'escalier, comme autant de fausses joies absurdes puisqu'elle a annulé notre rendez-vous vers midi, précipitamment, sur notre messagerie secrète. Encore une histoire d'adultère qui a mal tourné ? Eh oui, ce n'est pas très original, désolé ; je n'y peux rien si c'est tout de même la chose la plus grave qui me soit jamais arrivée. Ceci est le livre d'un enfant gâté, dédié à tous les étourdis trop purs pour vivre heureux. Le livre de ceux qui ont le mauvais rôle et que personne ne plaint. Le livre de ceux qui ne devraient pas souffrir d'une séparation qu'ils ont eux-mêmes provoquée et qui souffrent tout de même, d'une douleur d'autant plus irréparable qu'ils s'en savent les uniques responsables. Car l'amour ce n'est pas seulement : souffrir ou faire souffrir. Cela peut aussi être les deux.

# XXIX

## Régime dépressif

Être seul est devenu une maladie honteuse.
Pourquoi tout le monde fuit-il la solitude ?
Parce qu'elle oblige à penser. De nos jours, Descartes n'écrirait plus : « Je pense donc je suis. »
Il dirait : « Je suis seul donc je pense. » Personne
ne veut la solitude, car elle laisse trop de temps
pour réfléchir. Or plus on pense, plus on est
intelligent, donc plus on est triste.

Je pense que rien n'existe. Je ne crois plus en
rien. Je ne me sers à rien. Ma vie ne m'est
d'aucune utilité. Qu'y a-t-il ce soir sur le câble ?

Seule bonne nouvelle : le malheur fait maigrir.
Personne ne mentionne ce régime-là, qui est
pourtant le plus efficace de tous. La Dépression Amincissante. Vous pesez quelques kilos de
trop ? Divorcez, tombez amoureux de quelqu'un
qui ne vous aime pas, vivez seul et ressassez votre
tristesse à longueur de journée. Votre surcharge
pondérale aura tôt fait de disparaître comme

neige au soleil. Vous retrouverez un corps svelte, dont vous pourrez profiter – si vous en réchappez.

Quel dommage que je sois amoureux, je ne peux même pas profiter de mon célibat nouveau. Quand j'étais étudiant, j'adorais être seul. Je trouvais que toutes les femmes étaient belles. « Il n'y a pas de femmes moches, il n'y a que des verres de vodka trop petits », avais-je coutume de répéter. Ce n'étaient pas seulement des propos d'alcoolique en herbe, je le pensais vraiment. « Toutes les femmes ont quelque chose, il suffit d'un silence amusé, d'un soupir distrait, d'une cheville qui frétille, d'une mèche de cheveux rebelle. Même le pire boudin recèle un trésor caché. Même Mimie Mathy, si ça se trouve, elle fait des trucs spéciaux ! » Alors j'éclatais de mon rire sonore, celui que j'utilise pour ponctuer mes propres blagues, celui d'avant que je ne découvre la vraie solitude.

Désormais, quand j'ai bu des alcools délayés, je marmonne seul, comme un clochard. Je vais me branler dans une cabine de projections vidéo, 88 rue Saint-Denis. Je zappe entre 124 films pornos. Un mec suce un Noir de 30 cm. Zap. Une fille attachée reçoit de la cire sur la langue et des décharges électriques sur sa chatte rasée. Zap. Une fausse blonde siliconée avale une bonne gorgée de sperme. Zap. Un mec cagoulé perce les tétons d'une Hollandaise qui hurle « Yes, Master ». Zap. Une jeune amatrice inexpérimentée se fait enfoncer un godemiché dans l'anus et un dans le vagin. Zap. Triple éjac faciale sur deux lesbiennes avec pinces à linge sur les seins et le clitoris. Zap. Une obèse enceinte. Zap. Double fist-fucking. Zap. Pipi dans la bouche d'une Thaïlandaise encordée. Zap. Merde, je n'ai plus de pièces de 10 francs et je n'ai pas joui, trop ivre pour y arriver. Je parle tout haut dans le sex-shop en faisant des moulinets avec les bras. J'achète une bouteille de poppers. Je voudrais être copain avec ces ivrognes de la rue Saint-Denis qui crient en titubant que les plus belles femmes du monde étaient à leurs pieds, dans le temps. Mais ceux-ci ne m'acceptent pas dans leur confrérie : ils ont plutôt envie de me casser la gueule, histoire de m'apprendre ce que c'est que de souffrir pour de vraies raisons. Alors je rentre chez moi en rampant, le visage inondé de poppers renversé, puant des pieds de la gueule, cela fait des années que je n'ai pas été aussi saoul, avec une atroce envie de dégueuler et de chier en même temps, impossible de faire les deux à la fois, il va falloir choisir. Je choisis d'évacuer d'abord ma diarrhée, assis sur les WC, un coulis infect éclabousse la faïence en schlinguant, mais soudain l'envie de gerber est trop forte, je me retourne pour vomir une bile acide qui m'arrache la gueule dans la cuvette, à quatre pattes cul nu dans l'odeur de désinfectant, et voici que la chiasse me reprend à toute force et je finis par projeter un litre de merde liquide pestilentielle sur la porte en chialant et en appelant ma mère.

# XXX

## Correspondance (II)

La troisième lettre fut la bonne. Merci la Poste : le téléphone, le fax ou Internet ne surpasseront jamais en beauté romanesque le bon vieux danger de la liaison épistolaire.

« Chère Alice,
Je t'attendrai tous les soirs à sept heures, sur un banc, place Dauphine. Viens ou ne viens pas, mais j'y serai, tous les soirs, dès ce soir.
Marc. »

Je t'ai attendue lundi, sous la pluie. Je t'ai attendue mardi, sous la pluie. Mercredi il n'a pas plu, tu es venue. (On dirait une chanson d'Yves Duteil.)

— Tu es venue ?
— Oui, on dirait.
— Pourquoi tu n'es pas venue lundi et mardi ?

— Il pleuvait…

— Je ne sais pas ce qui me retient de… t'offrir un parapluie.

Tu as souri. Fantômette cachée derrière une chevelure annonciatrice de plaisirs abscons. Manga au visage clair avec des lèvres qui me souriaient sans peser le pour et le contre. Je t'ai pris la main comme un objet précieux. Puis il y a eu un silence gêné de circonstance, que j'ai voulu briser :

— Alice, je crois que c'est grave…

Mais tu m'en as empêché :

— Chut…

Puis tu t'es penchée pour m'embrasser les lèvres. Pas possible, je ne rêvais pas ? Quelque chose d'aussi délicat pouvait encore m'arriver ?

J'ai voulu parler à nouveau :

— Alice, il est encore temps de reculer, vite, parce qu'après, il sera trop tard et moi, je vais t'aimer très fort, et tu ne me connais pas, je deviens très pénible dans ces cas-là…

Mais cette fois c'est ta langue qui m'a interrompu et tous les violons de tous les plus beaux films d'amour crachent un misérable grincement à côté de la symphonie qui résonna dans ma tête.

Et si vous me trouvez ridicule, je vous emmerde.

# XXXI

## L'amant divorcé

Aujourd'hui j'évite la place Dauphine, sauf quand je suis suffisamment cassé pour l'affronter, comme ce soir par exemple, où je suis assis sur notre banc, par pur masochisme. Le Pont-Neuf est éclairé par les bateaux-mouches. Nous avons presque été amants du Pont-Neuf, à quelques mètres près. J'ai froid et je t'attends. Six mois se sont écoulés depuis notre premier baiser ici, mais j'ai toujours rendez-vous avec toi. Jamais je n'aurais pensé pouvoir finir dans un tel état. Il doit y avoir un châtiment là-dessous, je dois expier quelque chose, c'est ça, sinon je ne vois pas pourquoi on m'infligerait pareilles épreuves. Je sanglote au réveil, je pleurniche quand je me couche, et, entre les deux, je m'apitoie. Je voulais être Laclos et je me retrouve en plein Musset. L'amour est incompréhensible. Quand on le voit chez les autres on est incapable de le comprendre, et encore moins quand il vous arrive. A vingt ans j'étais encore capable de contrôler mes émotions mais aujourd'hui je ne décide plus de rien. Ce qui me peine le plus, c'est de voir à quel point mon amour pour Alice a remplacé celui que j'éprouvais pour Anne, comme si les deux histoires étaient des vases communicants. Je suis horrifié d'avoir si peu hésité. Il n'y aura pas eu de vaudeville, pas de dilemme entre la « légitime » et l'amante, simplement un être qui prend la place d'un autre, en douceur, sans faire de scandale, comme si on entrait dans mon cerveau sur la pointe des pieds. Ne peut-on pas aimer quelqu'un au détriment de personne ? C'est certainement ce crime que je paye maintenant... Oui, c'est étrange, je suis place Dauphine et pourtant c'est à toi, Anne, mon ex-femme, que je pense...

Peut-être, Anne, peut-être un jour, plus tard, beaucoup plus tard, nous croiserons-nous dans un lieu éclairé ; avec du monde autour, avec des arbres, un rayon de soleil, je ne sais pas moi, des oiseaux qui chanteront comme le jour de notre mariage, et au milieu du brouhaha nous nous reconnaîtrons et songerons avec nostalgie au temps passé, celui de nos vingt ans, celui de nos premiers espoirs, celui des grandes déceptions, le temps où nous avons rêvé, où nous avons embrassé le Ciel, avant qu'il ne nous tombe sur la tête, parce que ce temps-là, Anne, ce temps-là nous appartient et personne ne pourra jamais nous le voler.

# XXXII

## Je sais pas

Il y eut beaucoup de rendez-vous clandestins place Dauphine. Beaucoup de dîners planqués chez Paul ou au Delfino. D'innombrables heures volées aux après-midi à l'hôtel Henri-IV. A force, le réceptionniste nous connaissait si bien qu'il nous épargnait son sourire complice et la question fatidique : « Pas de bagages, Messieurs-Dames ? » car notre chambre était réservée au mois. La chambre 32. Elle sentait l'amour quand nous la quittions.

Entre les orgasmes, je ne pouvais m'empêcher de t'interroger.

— Bon sang, Alice, je t'aime de la plante des pieds jusqu'à la pointe des cheveux. Où est-ce qu'on va comme ça ?

— Je sais pas.

— Tu crois que tu vas le quitter, Antoine ?

— Je sais pas.

— Tu veux qu'on vive ensemble ?

— Je sais pas.

— Tu préfères qu'on reste amants ?

— Je sais pas.

— Mais qu'est-ce qu'on va devenir, bordel ?

— Je sais pas.

— Pourquoi tu dis tout le temps « Je sais pas » ?

— Je sais pas.

J'étais trop rationnel. « Je sais pas » était une phrase que j'allais entendre souvent, je sentais que j'avais plutôt intérêt à m'y habituer.

Pourtant il m'arrivait de perdre tout sang-froid :

— Quitte-le ! QUITTE-LE !

— Arrête ! ARRÊTE DE ME LE DEMANDER !

— Divorce comme moi, MERDE !

— Jamais de la vie. Tu me fais trop peur, je te l'ai toujours dit. Notre amour est beau car il est impossible, tu le sais très bien. Le jour où je serai disponible, tu ne seras plus amoureux de moi.

— FAUX ! FAUX ! ARCHI-FAUX !

Mais au fond de moi-même, je craignais qu'elle ne dise vrai. Les sourds et les malentendants dialoguaient mieux que nous.

# XXXIII

## L'impossible dé-cristallisation

Il faudrait tout de même que je vous raconte comment je suis mort. Vous vous souvenez de *La Fureur de vivre* avec James Dean ? Dans ce film, une bande de jeunes crétins s'amuse à foncer tout droit en voiture vers un précipice. Ils appellent cela le « chicken run » (la « course des dégonflés »). Leur jeu consiste à freiner le plus tard possible. Celui qui freine en dernier est le plus viril du groupe. Disons que la grosseur de son kiki est proportionnelle au laps de temps qu'il va laisser s'écouler avant de freiner. Évidemment, ça ne loupe pas, l'un des idiots termine sa course en bas de la falaise, dans une Chevrolet transformée en compression de César. Eh bien, Alice et moi, plus nous avancions dans notre aventure, plus nous nous apercevions que nous étions comme ces rebelles sans cause. Nous accélérions vers un précipice, pied au plancher.

Je ne savais pas encore que c'était moi le crétin qui freinerait trop tard.

Quand on mène une double vie, la règle de base, c'est de ne pas tomber amoureux. On se voit en secret, pour le plaisir, pour l'évasion, pour le frisson. On se croit héroïque à peu de frais. Mais jamais de sentiments là-dedans ! Il ne faut pas tout mélanger. On finirait par confondre le plaisir avec l'amour. On risquerait d'avoir du mal à s'y retrouver.

Si Alice et moi sommes tombés dans ce piège, c'est pour une simple raison : faire l'amour est tellement plus agréable quand on est amoureux. Cela donne aux femmes l'impression que les préliminaires durent plus longtemps, et aux hommes l'impression qu'ils passent plus vite. C'est cela qui nous a perdus. Nous avions des goûts de luxe. Nous avons joué la comédie du romantisme, uniquement pour jouir plus fort. Et nous avons fini par y croire. Rien de plus efficace que la méthode Coué en amour : quel dommage qu'elle ne fonctionne que dans un seul sens. Une fois qu'on a cristallisé, il est trop tard pour revenir en arrière. On pensait jouer, et c'était vrai, mais on jouait avec le feu. On est déjà dans le vide du précipice, comme ces personnages de dessins animés qui regardent le spectateur, puis le vide sous leurs pieds, puis de nouveau le spectateur, avant de chuter définitivement. « That's all folks ! »

Je me souviens que, quand Anne et moi étions séparés, quelles que soient les fêtes où je mettais les pieds, je ne rencontrais plus que des gens qui me demandaient d'un air faux où était Anne, que devenait Anne, pourquoi elle était pas là Anne, et comment elle allait Anne en ce moment ? Je leur répondais, au choix :

— Elle bosse tard en ce moment.

— Ah bon ? Elle n'est pas là ? Justement je la cherchais, j'ai rendez-vous avec ma femme.

— Entre nous, elle a bien fait de ne pas venir dans cette soirée de merde : j'aurais dû l'écouter, elle a un sixième sens pour détecter les mauvais plans, ah, pardon, c'est toi qui reçois…

— Anne ? On est en procédure de divorce ! Ha ha ! Je plaisante.

— Elle bosse vraiment trop en ce moment.

— Tout va bien : j'ai la permission de minuit.

— Partie en séminaire de travail avec l'équipe de football du Congo.

— Anne ? Anne comment ? Marronnier ? Quelle coïncidence, elle porte le même nom que moi !

— Anne est à l'hôpital… Un accident atroce… Entre deux hurlements de douleur insoutenables, elle m'a supplié de rester avec elle, mais je ne voulais pas louper cette sympathique soirée. Exquis, ces œufs de saumon, vous ne trouvez pas ?

— D'un autre côté, avec ce qu'elle bosse, je vais bientôt être bourré de fric.

— Le mariage est une institution qui n'est pas au point.

— Où est Alice ? Vous connaissez Alice ? Vous n'auriez pas vu Alice ? Vous croyez qu'Alice va venir ?

En revanche, chaque fois que j'entendais le mot « Alice » prononcé quelque part, c'était comme un coup de poignard.

— Chers amis, auriez-vous l'obligeance de ne plus prononcer ce prénom en ma présence, s'il vous plaît ?

Merci d'avance,

Moi.

Le paradis, c'est les autres, mais il ne faut pas en abuser. J'entendais de plus en plus de médisances sur Anne et moi. Bien sûr, je faisais une croix sur celles qui couraient sur mon propre compte : elles avaient toujours couru déjà bien avant que d'être vraies. Je n'avais jamais été dupe de la jalousie mondaine et de la superficialité des noctambules, mais là, s'attaquer à Anne, j'en fus presque dégoûté. Moi, si je sortais le soir, c'était pour ralentir ma vie. Parce que je ne supportais pas que l'existence puisse s'arrêter à huit heures du soir. Je voulais voler des heures d'existence aux couche-tôt. Mais cette fois, c'en était trop. Je ne sortirais plus. Je réalisais que je haïssais tous ces gens qui se nourrissaient de mon malheur. Moi aussi, j'avais été comme eux, un charognard. Mais ça suffisait : ils ne me faisaient plus rire. Cette fois, je voulais saisir ma chance, autant que possible. Ils devraient se passer de moi. Je démissionnai des magazines où j'écrivais des chroniques mondaines.

Adieu, mes faux amis du Tout-Paris, vous ne me manquerez pas. Poursuivez sans moi votre lente putréfaction, je ne vous en veux pas, au contraire, je vous plains. Le voilà, le grand drame de notre société : même les riches ne font plus envie. Ils sont gros, moches et vulgaires, leurs femmes sont liftées, ils vont en prison, leurs enfants se droguent, ils ont des goûts de ploucs, ils posent pour *Gala*. Les riches d'aujourd'hui ont oublié que l'argent est un moyen, non une fin. Ils ne savent plus quoi en faire. Au moins, quand on est pauvre, on peut se dire qu'avec du fric tout s'arrangerait. Mais quand on est riche, on ne peut pas se dire qu'avec une nouvelle baraque dans le Midi, une autre voiture de sport, une paire de pompes à douze mille balles ou un mannequin supplémentaire, tout s'arrangerait. Quand on est riche, on n'a plus d'excuses. C'est pour ça que tous les milliardaires sont sous Prozac : parce qu'ils ne font plus rêver personne, pas même eux.

Écrire sur la nuit était un cercle vicieux dont j'étais prisonnier. Je me bourrais la gueule pour raconter la dernière fois où je m'étais bourré la gueule. C'est fini, affrontons désormais le jour. Voyons voir, quels articles de journaux pourrait bien écrire un parasite au chômage ? Imaginez le comte Dracula en plein jour : quel métier ferait-il ? En quoi se recyclent les sangsues ?

Et c'est ainsi que je suis devenu critique littéraire.

# XXXIV
## La théorie de l'éternel retour

Quand je les informe de ma rupture, mes parents (divorcés en 1972) tentent de me raisonner. « Tu es sûr ? » « Ce n'est pas rattrapable ? » « Réfléchis bien… » La psychanalyse a eu une influence considérable dans les années soixante ; cela explique sans doute pourquoi mes parents sont persuadés que tout est de leur faute. Ils sont beaucoup plus inquiets que moi : du coup je ne leur mentionne même pas Alice. Une catastrophe à la fois, c'est suffisant. Je leur explique calmement que l'amour dure trois ans. Ils protestent, chacun à leur façon, mais ne sont guère convaincants. Le leur n'a pas duré tellement plus longtemps. Je suis époustouflé de les sentir revivre leur histoire à travers la mienne. Je n'en reviens pas que mes parents aient autant espéré, pensé, et finalement cru que je serais différent d'eux.

Nous sommes sur Terre pour revivre les mêmes événements que nos parents, dans le même ordre, comme eux ont commis les mêmes erreurs que leurs parents à eux, et ainsi de suite. Mais ce n'est pas grave. Ce qui est bien pire, c'est quand, soi-même, on refait les mêmes conneries continuellement. Or c'est mon cas.

Je retombe dans la même ornière, tous les trois ans. Sans cesse je revis un perpétuel déjà vu. Ma vie radote. Je dois être programmé en boucle, comme un compact-disc quand on enfonce la touche « Repeat ». (J'aime bien me comparer à des machines, car les machines sont faciles à réparer.) Ce n'est pas du comique de répétition, mais un cauchemar bien réel : imaginez une montagne russe atroce avec des loopings écœurants et des chutes vertigineuses. Vous vous laissez embarquer une fois et cela vous suffit. Vous descendez du manège en vous écriant : « Ouh là, là ! J'ai failli vomir ma barbapapa trois fois, on ne m'y reprendra plus ! » Eh bien moi, on m'y reprend. Je suis abonné au Toboggan Infernal. Le Space Mountain, c'est ma maison.

Je viens enfin de comprendre la phrase de Camus : « Il faut imaginer Sisyphe heureux. » Il voulait dire qu'on répète toute sa vie les mêmes bêtises mais que c'est peut-être cela, le bonheur. Il va falloir que je m'accroche à cette idée. Aimer mon malheur car il est fertile en rebondissements.

Un rêve. Je pousse mon rocher boulevard Saint-Germain. Je le gare en double file. Un agent de police me demande de circuler sinon il verbalisera mon rocher. Je suis obligé de le déplacer et tout d'un coup il m'échappe, il se met à descendre la rue Saint-Benoît en roulant de plus en plus vite. J'en ai perdu tout contrôle : il faut dire qu'il pèse tout de même six tonnes, ce bloc de granit. Arrivé au coin de la rue Jacob, il emplafonne une petite voiture de sport. Ouille ! Le capot, la portière et le minet qui conduisait sont écrabouillés. Je dois remplir le constat avec sa veuve sexy en larmes. Je lui mords l'épaule. A la ligne « immatriculation », j'inscris : « S.I.S.Y.P.H.E. » (modèle d'occasion). Et je remonte la rue Bonaparte en poussant mon rocher, suant sang et eau, centimètre par centimètre, pour enfin le laisser au parking Saint-Germain-des-Prés. Demain, le même cirque recommence. Et il faut m'imaginer heureux.

# XXXV

## Tendre est la nuit

Depuis que j'ai décidé d'en finir avec la nuit, je sors tous les soirs ; il faut bien faire ses adieux. Cela commence à se savoir que je suis seul. Un célibataire omnisexuel de mon âge, à Paris, en 1995, est aussi difficile à trouver qu'un SDF au Palace Hôtel de Gstaad. Les gens n'ont pas conscience que je suis mort de chagrin, car j'ai toujours été assez maigre, même quand j'allais bien. Je me promène un peu partout, le désespoir en bandoulière. Ce soir, une fois de plus, Alice m'a annoncé qu'elle n'en pouvait plus de mentir à son mari et qu'elle me quittait. Elle me laisse en général tomber le vendredi soir pour ne pas culpabiliser le week-end, puis elle me rappelle le lundi après-midi. J'ai donc téléphoné à Jean-Georges pour lui demander s'il voulait que j'apporte du vin pour son dîner, ou quelque chose pour le dessert.

J'ai décidé de tromper Alice avec sa meilleure

amie. Julie ne s'est pas fait prier pour m'accompagner à ce dîner : je lui ai dit que j'allais très très mal et j'ai remarqué qu'aucune femme ne résiste quand le mec de sa meilleure amie lui dit qu'il va très très mal. Cela doit ranimer en elles le sens du devoir, l'infirmière dévouée, la Petite Sœur des Pauvres qui sommeille.

Julie est très sexy, c'est son principal problème. Elle se plaint sans cesse de ce que les garçons ne tombent pas amoureux d'elle. Il est exact qu'ils ont une fâcheuse tendance à vouloir d'abord la basculer n'importe où pour effectuer sur elle une palpation mammaire, voire globale. Ils ne la respectent pas beaucoup mais c'est aussi sa faute — aucune loi ne la contraint à porter toujours des tee-shirts taille huit ans s'arrêtant au-dessus de son nombril percé d'un anneau doré.

— Tu sais, si tu ne cédais pas tout de suite, ils tomberaient amoureux. Les mecs, c'est comme les poivrons. Il faut les faire mariner.

— Tu veux dire que tu me conseilles de faire aux mecs ce qu'Alice te fait ?

Pas si sosotte, la Julie.

— Euh… A la réflexion, non. Sois gentille avec les garçons, il vaut mieux avoir pitié d'eux, ce sont des créatures fragiles.

Jean-Georges a bien fait les choses. Des âmes sereines conversent chez lui en harmonie. L'agressivité est bannie de son domicile, qui

127

regorge pourtant d'artistes célèbres. Des acteurs, des cinéastes, des couturiers, des peintres, et même des artistes qui ne savent pas encore qu'ils en sont. J'ai remarqué que plus les gens sont doués, et plus ils sont gentils. Ce principe est absolu. Avec Julie, nous nous sommes assis sur un sofa pour manger des canapés.

— Tu le connais depuis longtemps, ce Jean-Georges ? me demande-t-elle.

— Depuis toujours. Il ne faut pas se fier aux apparences : ce soir il ne va presque pas venir me parler, et pourtant c'est mon meilleur copain, enfin, une des seules personnes de mon sexe dont je supporte la compagnie. Nous sommes comme deux pédés qui ne coucheraient pas ensemble.

— Alors, susurre-t-elle en se redressant, ce qui exhibe sous mon nez ses deux globes de chair, tu me dis ce qui ne va pas ?

— Alice m'a quitté, ma femme aussi, et ma grand-mère est morte. Je ne savais pas qu'on pouvait se retrouver aussi seul.

Tout en me lamentant, je progresse vers elle sur le divan. Séduire dans une fête consiste essentiellement à réduire les distances. Il faut parvenir à gagner du terrain, centimètre par centimètre, sans que cela se remarque trop. Si vous voyez une fille qui vous plaît, il faut s'en approcher (à 2 mètres). Si elle vous plaît toujours à cette distance, vous vous mettez à lui parler (à

128

1 mètre). Si elle sourit à vos balivernes, vous l'invitez à danser ou à boire un verre (à 50 centimètres). Vous vous asseyez ensuite à ses côtés (à 30 centimètres). Dès que ses yeux brilleront il faudra soigneusement ranger une mèche de ses cheveux derrière son oreille (à 15 centimètres). Si elle se laisse recoiffer, parlez-lui d'un peu plus près (à 8 centimètres). Si elle respire plus fort, collez vos lèvres sur les siennes (à 0 centimètre). Le but de toute cette stratégie est évidemment d'obtenir une distance négative due à la pénétration d'un corps étranger à l'intérieur de cette personne (à environ 12 centimètres en moyenne nationale).

— Je suis malheureux comme la pierre, reprends-je donc en réduisant l'écart qui me sépare de l'irréparable. Non, plus malheureux qu'une pierre, car personne ne quitte une pierre, et que les pierres ne meurent pas.

— Mouais, c'est dur… Tu flippes, quoi.

Je commence à me demander ce qu'Alice lui trouve, à cette ravissante idiote. On a dû mal me renseigner. Ce ne peut pas être sa meilleure amie. Je continue néanmoins mon numéro.

— Enfin… Il n'y a pas d'écrivain heureux… Je n'ai que ce que je mérite.

— Ah bon ? Pourquoi ? Tu écris des livres ? Je croyais que tu organisais des fêtes ?

— Euh… Oui, c'est vrai, mais j'ai publié, ma foi, bon an mal an, quelques textes de-ci, de-là, cahin-caha, dis-je en regardant mes ongles. *Voyage au Bout du N'importe Quoi*, tu en as peut-être entendu parler ?

— Euh…

— Eh bien, c'est de moi. Je suis aussi l'auteur de *L'Insoutenable Inutilité de l'Être* et je prépare en ce moment *Les Souffrances du jeune Marronnier*…

— Elle est quand ta prochaine fête ? Tu m'enverras une invitation, hein ?

Certaines filles ont un tel regard de vache que vous avez soudain l'impression d'être un train de campagne. Mais il faut que je me force, si je sors avec elle Alice en crèvera, il faut tenir, coûte que coûte.

— Julie, tu sais, le principal intérêt du divorce, c'est qu'il permet de se laver les mains sans accrocher du savon au doigt…

— Ah oui ? Pourquoi ?

— Ben, à cause de l'alliance.

— Ah… d'accord… T'es un marrant, toi.

— Tu as un fiancé en ce moment ?

— Non. Enfin, oui, plusieurs. Mais aucun de sérieux.

— Oui, comme moi.

— Mais non, toi tu es amoureux d'Alice.

— Oui, oui, mais c'est plus compliqué que ça. Je pense que mon problème, c'est que je tombe amoureux, mais je n'arrive pas à le rester.

A cet instant précis, je me situe à une distance millimétrique de sa bouche « ourlée ». Je me demande s'il n'y a pas un peu de collagène dans sa lèvre supérieure. Je suis sur le point de conclure lorsqu'elle tourne le visage et me tend la joue. Veste. Suffit.

Suffit. Assez de salades. Je me lève et l'abandonne sur son sofa. Pauvre créature, je comprends pourquoi les mecs la traitent comme un rasoir Bic. De toute façon, même si je sautais cette nana devant toi, Alice, tu t'en ficherais complètement (au contraire : ça t'exciterait). Je n'aime que toi, il va bien falloir que tu l'admettes, même si tu ne veux rien changer à ta vie. Il y a dans ta ville un mec qui t'aime et qui souffre, que tu le veuilles ou non. Te répéter cela sera ma meilleure façon de te faire céder. Je serai ton amant patient, torture calme, tentation immobile. Appelle-moi Tantale.

Quelques heures plus tard, tandis que je feuilletais une vieille édition de poche de *Tendre est la nuit* sur le carrelage de la cuisine, Julie flirtait avec un père et son fils, déclenchant une belle baston familiale. Je me pris encore une sacrée cuite ce week-end-là. Nous ne sommes pas sortis de chez Jean-Georges pendant trois jours. Uniquement nourris de Chipsters et de Four Roses. Nous n'avons écouté qu'un seul disque : *Rubber Soul* des Beatles. A un moment, il me semble bien que Julien a composé une chanson au piano. Moi, je ne me relevais toutes les trois heures que pour me remettre à boire, car, on a beau dire, le meilleur moyen de ne pas regretter quelque chose, c'est de l'oublier.

# XXXVI
## Free-lance

Je m'installe dans l'attente. Cela a le mérite
de me calmer. Je remplis mon Désert des Tar-
tares avec ce que je trouve. Ainsi, on vient par
exemple de me briefer sur une recherche de
« signature » pour un lancement de parfum
féminin : Hypnose de David Copperfield, Las
Vegas. C'est payé cinquante mille nouveaux
francs (la moitié si l'idée n'est pas vendue). Il
faut trouver une phrase courte, provocante,
forte, qui dise à la fois le bénéfice consommateur
et induise de manière positive la « reason why ».
En clair, exprimer que ce parfum va permettre
aux femmes (la cible) de séduire les hommes (la
cible de la cible) mais pas pour une nuit seulement : pour une passion éternelle et durable, et
ce grâce au savoir-faire de son fabricant. Je
reviens après une semaine de réflexion et propose cette liste :

*Au lieu de vous marier, portez Hypnose de Copperfield.*

*Hypnose de Copperfield. Ce n'est pas un parfum, c'est un tour de magie.*

*Hypnose de Copperfield. Parfum pour ce soir, et demain soir, et tous les autres soirs.*

*Hypnose de Copperfield. Il cache une histoire d'amour dans un double fond.*

*Portez Hypnose et laissez agir toute une vie.*

*Hypnose de Copperfield. Ce parfum est truqué.*

*Hypnose : le flacon qui rend amnésique.*

*Hypnose de Copperfield. Après, vous ferez semblant de ne plus vous souvenir.*

La réunion se passe très mal. Personne n'est satisfait, pas même moi. Je les écoute, quitte Paris l'après-midi même pour Verbier (Suisse), une station de sports d'hiver du Valais. De là-bas, au bout de trois semaines de travail, je faxe le slogan que vous connaissez et qui a fait en une année de ce produit le leader mondial des fragrances vendues en « food » :

*HYPNOSE DE COPPERFIELD. SINON, L'AMOUR DURE TROIS ANS*

## XXXVII

## Un cynique à l'eau de rose

Je suis assis là, comme tous les soirs, au fond du même café, à chercher une solution. J'ai beau me répéter que je suis mort, je continue tout de même de vivre. J'ai failli mourir souvent : écrasé par une voiture (mais je l'ai évitée de justesse), tombé d'un immeuble (mais je me suis rattrapé aux branches), contaminé par un virus (mais j'ai mis une capote). Quel dommage. Mourir m'aurait pas mal arrangé. Avant ma descente aux enfers, la mort me faisait peur. Aujourd'hui elle me délivrerait. Je ne parviens même pas à comprendre pourquoi les gens sont si tristes de mourir. La mort nous réserve plus de surprises que la vie. Désormais j'attends le jour de ma mort avec impatience. Je serais ravi de quitter ce monde et de savoir enfin ce qu'il y a derrière. Ceux qui ont peur de la mort ne sont pas des gens curieux.

Mon problème, c'est que tu es la solution. Ce

sont les gens les plus cyniques et les plus pessi-
mistes qui tombent le plus violemment amoureux, car c'est bon pour ce qu'ils ont. Mon
cynisme avait hâte d'être démenti. Ceux qui cri-
tiquent l'amour sont bien sûr ceux qui en ont le
plus besoin : au fond de tout Valmont il y a un
indécrottable romantique qui ne demande qu'à
dégainer sa mandoline.

Et voilà, ça y est, ça recommence, le piège se
referme, la machination se met en branle. J'ai de
nouveau des envies de grande maison avec jardin ensoleillé, ou bien le chant de la pluie sur
le toit en fin de journée, envie de cueillir un
bouquet de violettes, solitude avec elle, loin de
la ville pour faire l'amour encore et encore,
jusqu'à en crever de joie, en pleurer de plaisir,
caresses pour se consoler d'être si bien ensemble, melon glacé et jambon de Parme, Florence,
Milan, s'il y a le temps…

# XXXVIII
## Correspondance (III)

Quatrième lettre à Alice :

« Chère autruche,

Je pense à toi tout le temps. Je pense à toi le matin, en marchant dans le froid. Je fais exprès de marcher lentement pour pouvoir penser à toi plus longtemps. Je pense à toi le soir, quand tu me manques au milieu des fêtes, où je me saoule pour penser à autre chose qu'à toi, avec l'effet contraire. Je pense à toi quand je te vois et aussi quand je ne te vois pas. J'aimerais tant faire autre chose que penser à toi mais je n'y arrive pas. Si tu connais un truc pour t'oublier, fais-le-moi savoir.

Je viens de passer le pire week-end de ma vie. Jamais personne ne m'a manqué comme ça. Sans toi ma vie est une salle d'attente. Qu'y a-t-il de plus affreux qu'une salle d'attente d'hôpital, avec son éclairage au néon et le linoléum par terre ? Est-ce humain de me faire ça ? En plus, dans ma salle d'attente, je suis seul, il n'y a pas d'autres blessés graves avec du sang qui coule pour me rassurer, ni de magazines sur une table basse pour me distraire, ni de distributeur de tickets numérotés pour espérer que mon attente prendra fin. J'ai très mal au ventre, et personne ne me soigne. Être amoureux, c'est cela : un mal de ventre dont le seul remède, c'est toi.

Alice. J'ignorais que ce prénom prendrait une telle place dans ma vie. J'avais entendu parler du malheur et je ne savais pas qu'il se prénommait Alice. Alice, je t'aime. Deux mots inséparables. Tu ne t'appelles pas Alice, mais "Alice-je-t'aime".

Ton Marc très cafardeux. »

Comme prévu, Alice me rappela le lundi suivant. Elle m'avoua qu'elle était folle de moi, et me promit qu'on ne se quitterait plus jamais. Je la dévêtis doucement dans un appartement prêté par une amie. C'est peu dire que nos retrouvailles furent agréables. Cet après-midi de plaisir pourrait servir de mètre-étalon à Sèvres au rayon « jouissance sexuelle de très haut niveau entre deux êtres humains de sexes complémentaires ». Ensuite, contrairement à sa promesse, elle me quitta vers neuf heures du soir, épuisée, et je me retrouvai de nouveau seul pour aller à la rencontre des heures.

# XXXIX

## La descente continue

Autant vous prévenir tout de suite : il n'est pas sûr que cette histoire aura une « happy end ». Ces dernières semaines comptent parmi les plus tristes et magnifiques souvenirs de ma vie, et rien ne m'autorise à penser que cette situation ne va pas se prolonger. J'ai beau tenter de forcer le destin, celui-ci n'est pas en pâte à modeler.

La fin du monde a eu lieu la semaine dernière. Alice m'a téléphoné pour me dire qu'elle partait en vacances avec Antoine pour essayer de recoller les morceaux. Cette fois, c'est bien fini. Nous avons raccroché sans même nous dire adieu. Mon amour est Hiroshima. Voyez les dégâts que peuvent causer la passion : on en vient presque à citer Marguerite Duras.

Je regarde une mouche qui se cogne contre la fenêtre de ma chambre et je songe qu'elle est comme moi : il y a du verre entre elle et la réalité.

La double vie est le luxe des schizophrènes. Alice a le beurre et l'argent du beurre : la passion interdite avec moi, et son petit confort avec son mari. Pourquoi n'avoir qu'une seule vie quand on peut en avoir plusieurs ? Elle change de mec comme on change de chaîne sur le câble (j'espère au moins que je suis « Eurosport »).

C'est fini. C.E.S.T. F.I.N.I. Il est incroyable que je puisse écrire ces huit lettres aussi facilement, alors que je suis incapable de les accepter. Parfois il m'arrive d'avoir des crises de mégalomanie : si elle ne veut pas de moi, m'autopersuadé-je, alors je ne l'aime plus ! Elle n'est pas à ma Hauteur ? Tant pis pour cette conne ! Mais ces sursauts d'orgueil ne durent pas longtemps car je n'ai pas un instinct de survie assez développé.

Je vous prie de m'excuser, les écrivains sont des gens plaintifs, j'espère ne pas trop vous ennuyer avec ma douleur. Écrire, c'est porter plainte. Il n'y a pas une grande différence entre un roman et une réclamation aux PTT. Si je pouvais faire autrement, je ne resterais pas enfermé chez moi à taper à la machine. Mais je n'ai pas le choix : je ne parviendrai jamais à parler d'autre chose.

Regardez-moi ce que je suis devenu… J'écris le même livre que les autres… Chassés-croisés amoureux… On quitte une femme pour une autre qui ne vient pas… Que m'arrive-t-il ? Où sont mes soirées décadentes ? Je m'enferre dans les problèmes sentimentaux germanopratins… On dirait du jeune cinéma français… L'amour est le problème des gens qui n'ont pas de problèmes… Mais c'est la première fois que je ressens un pareil besoin physique d'écrire… Autrefois quand on me parlait de « nécessité », je faisais semblant de comprendre mais je ne savais rien du tout… Même cet autodénigrement est une énième protection… Je n'ai rien d'autre à raconter… Fallait que ça sorte un jour… Tant que l'on n'a pas écrit le roman de son divorce on n'a rien écrit… Peut-être n'est-il pas inepte de prendre son cas pour une généralité… Si je suis banal, alors je suis universel… Il faut fuir l'originalité, s'atteler aux sujets éternels… Marre du second degré… Je fais l'apprentissage de la sincérité… Je sens qu'au fond de cette détresse il y a comme une rivière qui coule, et que si je parvenais à faire jaillir cette source, je pourrais rendre service aux « joyeux quelques-uns » qui auraient déjà fréquenté le même genre d'abîme. J'aimerais les prévenir, tout leur expliquer, pour que ce genre de déconvenue ne leur arrive pas. C'est une mission que je m'accorde, et elle m'aide à y voir plus clair. Mais il n'est pas impossible que la rivière demeure à jamais souterraine…

# XL

## Conversation dans un palace

Jean-Georges ne m'a jamais vu comme ça. Il tente désespérément d'égayer la conversation, comme on tend la main à un naufragé. Nous sommes au bar d'un grand hôtel mais je ne sais même plus lequel car nous les avons tous écumés. Je lui demande :

— Dis, tu crois que l'amour dure trois ans ?

Il me regarde avec pitié.

— Trois ans ? Mais c'est énorme ! Quelle horreur ! Trois jours, c'est amplement suffisant ! Qui t'a mis cette ânerie dans la tête, petit moussaillon ?

— Il paraît que c'est hormonal, enfin, bio-chimique, quoi… Au bout de trois ans c'est fini, on n'y peut rien. Tu trouves pas ça triste ?

— Non mon toutou. L'amour dure le temps qu'il doit durer, ça m'est égal. Mais si tu veux qu'il dure, je crois qu'il faut apprendre à s'ennuyer bien. Il faut trouver la personne avec

142

qui l'on a envie de s'emmerder. Puisque la passion éternelle n'existe pas, recherchons au moins un ennui agréable.

— Oui, tu as peut-être raison… Tu crois que ça me passera un jour de courir après des apparitions ?

— Oui mon poulet. Tu prends le problème à l'envers. Plus on cherche à être passionné et plus on est déçu quand ça s'arrête. Ce qu'il faut, c'est chercher l'ennui, comme ça tu seras toujours surpris de ne pas te faire chier. La passion ne peut pas être « institutionnelle », c'est l'ennui qui doit être la norme – et la passion une cerise sur le gâteau. Tu sais, la peur de l'ennui…

— … C'est déjà la haine de soi… Je sais, tu me l'as dit et répété… Pff… Quand je vois tous ces couples d'amis qui se détestent, s'emmerdent, se trompent, tirent la gueule et restent ensemble juste pour faire durer leur mariage, je ne regrette pas de divorcer… Au moins, moi, je garderai une belle image de mon histoire.

— Ma petite gouape, je te parle pas d'Anne mais d'Alice. Tu fantasmes sur elle alors que tu ne la connais même pas. Voilà, c'est ça ta maladie : tu aimes quelqu'un que tu ne connais pas. Est-ce que tu crois que tu la supporterais si tu devais vivre avec elle ? Pas sûr : ce qui vous excite, c'est de ne pas pouvoir être ensemble. Moi, si j'étais toi, je rappellerais Anne.

— Jean-Georges ?

— Quoi, mon zouzou ?

— Dis pas de conneries. On se reprend deux verres ?

— OK si c'est toi qui raques.

— Jean-Georges, je peux te poser une question ?

— Dis toujours.

— Tu as déjà souffert par amour ?

— Non, tu le sais bien. Je ne suis jamais tombé amoureux. C'est mon grand malheur.

— Parfois je t'envie. Moi, je ne suis jamais RESTÉ amoureux, c'est pire.

Son silence m'a fait regretter de lui avoir posé cette question. Un nuage voile ses yeux détournés. Sa voix se fait plus grave :

— Arrête de renverser les rôles, petite frappe. C'est moi qui t'envie, tu le sais très bien. Moi je souffre depuis ma naissance. Tu découvres en ce moment une douleur que j'aimerais bien connaître. Changeons de sujet, si tu veux bien.

Et voilà, mon malheur est contagieux. Maintenant on est deux à avoir le blues, nous voilà bien avancés.

— Tu crois que je suis un salaud ?

— Mais non, mais non. Tu fais ton apprentissage, tu n'es qu'un petit amateur, mon chou à la crème. Tu as encore quelques progrès à faire. Par contre...

— Par contre quoi ?

— Par contre, t'es vraiment un gros pédé de la fesse et je vais tout de suite t'attraper par le petit orifice.

Là-dessus ce sagouin m'empoigne et nous roulons par terre en renversant la table, les verres et les fauteuils dans un grand éclat de rire, pendant que le barman cherche frénétiquement dans l'annuaire le téléphone des urgences psychiatriques de l'hôpital Sainte-Anne.

# XLI

## Conjectures

Alors il s'est passé une chose terrible : j'ai commencé à garder mes chaussettes pour dormir. Il fallait réagir, sans quoi bientôt je me mettrais à boire ma propre urine. Je me retournais dans mon lit en songeant à ce que m'avait dit Jean-Georges. Et s'il avait raison ? Il fallait rappeler Anne. Après tout, puisqu'Alice ne voulait pas venir, j'avais peut-être eu tort de divorcer. Tout n'était pas perdu : beaucoup de gens retombent amoureux de leur époux le lendemain du divorce. Tiens : Adeline et Johnny. Non, mauvais exemple. Euh, Liz Taylor et Richard Burton. Pas tellement mieux.

Je pourrais récupérer Anne. Il fallait récupérer Anne. Tout était rattrapable. Nous n'avions pas tout essayé. Nous allions tout essayer. A force de ne pas se parler pour se ménager l'un l'autre, nous nous étions quittés sans rien nous dire. Nous serions ensemble, à nouveau, et ririons bientôt en évoquant notre séparation. Nous en avions vu d'autres.

Non, à la réflexion, nous n'en avions pas vu d'autres. Autrefois les mariages résistaient à ce genre de passades. Aujourd'hui les mariages *sont* des passades. La société dans laquelle nous sommes nés repose sur l'égoïsme. Les sociologues nomment cela l'individualisme alors qu'il y a un mot plus simple : nous vivons dans la société de la solitude. Il n'y a plus de familles, plus de villages, plus de Dieu. Nos aînés nous ont délivrés de toutes ces oppressions et à la place ils ont allumé la télévision. Nous sommes abandonnés à nous-mêmes, incapables de nous intéresser à quoi que ce soit d'autre que notre nombril.

J'ai tout de même échafaudé un plan. J'espérais ne pas être obligé d'en arriver à cette extrémité mais le départ d'Alice en vacances avec son mari mérite une riposte nucléaire. Cette fois on jette la dignité à la rivière. Mon plan, c'est de rappeler Anne. Je décroche le téléphone avec un sourire que je voudrais machiavélique et qui n'est qu'intimidé.

# XLII

## L'émouvant stratagème

— Ça fait combien de temps qu'on ne s'est pas vus ? ai-je demandé à Anne en tirant sur la table du restaurant pour qu'elle puisse s'asseoir sur la banquette. Avant, nous aimions dîner côte à côte dans cette brasserie, mais avant c'était avant, et ce soir nous dînons face à face.

Elle m'observe avec curiosité avant de répondre :

— Quatre mois, une semaine, trois jours, huit heures et (elle dit cela en vérifiant sur sa montre) seize minutes.

— Et quarante-trois secondes, quarante-quatre, quarante-cinq…

Nous commençons par occuper la conversation avec toutes les choses qui permettent d'éviter l'essentiel : nos métiers, nos amis, nos souvenirs. Comme si tout ce qui s'est passé n'avait pas eu lieu. Mais Anne voit bien que je suis malheureux, et ça la rend malheureuse de ne pas en être la cause. Au dessert, énervée, elle m'agresse un peu.

— Bon, tu ne m'as pas invitée à dîner pour qu'on se raconte des histoires de vieux amis. Qu'est-ce que tu veux me dire ?

— Eh bien... Il y a des affaires à toi à la maison, je me demandais si tu voulais venir les récupérer. Et en même temps, on aurait pu en profiter pour passer le week-end ensemble et voir si...

— Hein ? T'es tombé sur la tête ou quoi ? On est divorcés, mon vieux ! Je vois très bien que ce n'est pas moi dont tu es amoureux, et puis merde, je ne suis pas un jouet que tu peux trimballer !

— Chut ! Pas si fort...

Je m'adresse à nos voisins de table.

— Nous sommes divorcés, je viens de lui proposer de partir en week-end et elle a refusé. Voilà, ça va, vous savez tout. Vous pouvez arrêter d'écouter maintenant ? Ou alors votre vie avec cette radasse en face de vous est tellement merdique que vous avez besoin d'écouter celle des autres ?

Le voisin se lève, moi aussi, nos femmes nous séparent, bref, il y a de l'action dans ce bouquin. Puis je paie l'addition et nous sortons du restaurant. Dehors, il fait encore plus nuit qu'avant. Dans la rue, nous faisons quelques pas en rigolant. Je lui demande pardon. Elle me dit que ça

149

va. Elle semble accepter cette rupture mieux que moi.

— Marc, il est trop tard. Nous avons atteint un point de non-retour. J'aime quelqu'un, et toi aussi : nous n'avons plus rien à faire ensemble.

— Je sais, je sais, je suis ridicule… Je me disais qu'on aurait pu réessayer… Tu es sûre que tu ne veux pas que je te raccompagne ?

— Non, merci, je vais prendre ce taxi… Marc, je vais te donner un tuyau pour tes rapports avec tes prochaines femmes. Il faut que tu apprennes à te mettre à leur place.

Et puis soudain, au moment de se séparer, l'émotion monte. Nous retenons nos larmes, mais elles coulent à l'intérieur de nos visages. Son rire d'enfant, je ne l'entendrai plus. Son successeur en profitera à ma place, s'il la fait rire. Anne est devenue une étrangère. Nous nous quittons pour poursuivre notre chemin, chacun de son côté. Elle monte dans le taxi, je referme doucement la portière, elle me sourit à travers la vitre, et la voiture s'éloigne… Dans un beau film, je me mettrais à courir après le taxi sous la pluie, et nous tomberions dans les bras l'un de l'autre au prochain feu rouge. Ou bien ce serait elle qui changerait d'avis, soudain, et supplierait le chauffeur de s'arrêter, comme Audrey Hepburn/Holly Golightly à la fin de *Breakfast at Tiffany's*. Mais nous ne sommes pas dans un film. Nous sommes dans la vie où les taxis roulent.

On quitte d'abord la maison de ses parents, et ensuite, parfois, on quitte la maison de son premier mariage, et c'est toujours la même peine qu'on ressent, celle de se sentir, une fois pour toutes, orphelin.

# XLIII

## Épisode mesquin

Les époux dînent, les amants déjeunent. Si vous apercevez un couple dans un bistrot à midi, essayez un peu de les prendre en photo et vous vous ferez engueuler. Essayez la même chose sur un autre couple, le soir : le couple vous sourira en posant pour votre flash.

Dès son retour de vacances conjugales, Alice m'a rappelé. Après m'être bien mis à sa place, imaginant ce qui se passait dans sa tête, je lui ai proposé froidement de déjeuner en tête à tête.

— J'apporterai un projecteur de diapos.

Elle ne m'a pas trouvé drôle, ce qui tombait bien car je ne cherchais pas à l'être. Dès son arrivée, elle me jure que c'était horrible, me certifie qu'ils n'ont jamais fait l'amour, mais je l'interromps :

— Tout va bien. Je pars ce week-end avec Anne.

Nous savons tous que c'est faux, sauf Alice, qui vient de se prendre un Scud en pleine poire.

— Ah !

— Alors, reprends-le-cours-de-la-conversation-je, c'était bien ce voyage ?

Alice me gifle et c'est pourtant elle qui éclate en sanglots. Je collectionne les repas mélodramatiques, ces temps-ci. Coup de chance : nous n'avons pas de voisins de table. Coup de malchance : même Alice s'en va. Le restaurant ne sera plus très animé. Et j'ai beau savourer ma vengeance, « je demeure seul avec un cœur plein d'aumônes » (Paul Morand), et me remets à boire des hectolitres, jusqu'à ce que je ne tienne plus debout, ni même assis. Encore un déjeuner sans bouffer. La vengeance est un plat qui ne se mange pas.

Ce qui est étonnant, ce n'est pas que notre vie soit une pièce de théâtre, c'est qu'elle comporte si peu de personnages.

# XLIV

## Correspondance (IV)

*Une semaine plus tard.*

Dernière lettre à Alice :

« Mon amour,

Ce week-end avec Anne n'a rien donné. N'en parlons plus. Comme toi, je voulais être fixé, être certain d'avoir fait le bon choix. Pardon de t'avoir fait cela. Je voulais aussi que tu sentes à quel point j'ai souffert pendant tes vacances. C'est idiot, je le sais. Parce que tu ne sauras jamais à quel point tu m'as fait mal.

Alice, nous sommes faits l'un pour l'autre. C'est effrayant. Tout est beau avec toi, même moi. Mais j'ai peur de ta peur. Il est insupportable que je ne sois pas le seul homme de ta vie. Je hais ton passé, qui encombre mon avenir.

J'aimerais que toute cette douleur serve à quelque chose. Pourquoi ne me fais-tu pas confiance ? Parce que je suis fou ? ça ne compte pas comme reproche car tu es folle aussi. Tu crois qu'on s'aime uniquement parce que c'est compliqué ? En ce cas il vaut mieux se quitter. Je préfère être malheureux sans toi qu'avec toi.

Notre amour est ineffaçable, il est incompréhensible que tu ne t'en rendes pas compte. Je suis ton futur. Je suis là, j'existe, tu ne peux pas continuer à vivre comme si je n'existais pas. Désolé. Comme disent les Inconnus : "C'est ton Destin".

Nous n'avons pas le droit de fuir le bonheur. La plupart des gens n'ont pas notre chance. Quand ils se plaisent, ils ne tombent pas amoureux. Ou quand ils sont amoureux, ça ne marche pas au lit. Ou quand ça marche au lit, ils n'ont rien à se dire après. Nous, on a tout, sauf qu'on n'a rien puisqu'on n'est pas ensemble.

Ce que nous faisons est impardonnable. Cessons de nous torturer. Il est criminel de ne pas se dépêcher d'être heureux quand on en a enfin l'occasion. Nous sommes des monstres envers nous-mêmes. Allons-nous continuer longtemps comme ça ? Pour faire plaisir à qui ? C'est ignoble de faire autant de peine à soi-même et aux autres, pour rien. Personne ne nous reprochera d'avoir saisi notre chance.

Ceci sera vraiment ma dernière lettre. Je n'en peux plus de jouer au chat et à la souris. Je suis abattu, fourbu, à tes pieds, attendant le coup de grâce. A partir d'un certain niveau de douleur, on perd tout orgueil. Je ne t'écris pas pour te demander de venir : je t'écris pour te prévenir que je serai toujours là. Un geste de toi et nous fondons un élevage d'autruches. Pas de geste de toi et je suis toujours là, quelque part, sur la même planète que toi, à t'attendre. Je t'aime à la folie, je n'ai envie que de toi, je ne pense qu'à toi, je t'appartiens corps et âme.

Ton Marc qui a pleuré en écrivant ceci. »

# XLV
## Alors

Alors je prends mon stylo pour dire que je l'aime, qu'elle a les plus longs cheveux du monde et que ma vie s'y noie, et si tu trouves ça ridicule pauvre de toi, ses yeux sont pour moi, elle est moi, je suis elle, et quand elle crie je crie aussi et tout ce que je ferai jamais sera pour elle, toujours, toujours je lui donnerai tout et jusqu'à ma mort il n'y aura pas un matin où je me lèverai pour autre chose que pour elle et lui donner envie de m'aimer et embrasser encore et encore ses poignets, ses épaules, ses seins et alors je me suis rendu compte que quand on est amoureux on écrit des phrases qui n'ont pas de fin, on n'a plus le temps de mettre des points, il faut conti-nuer à écrire, écrire, courir plus loin que son cœur, et la phrase ne veut pas s'arrêter, l'amour n'a pas de ponctuation, et des larmes de passion dégoulinent, quand on aime on finit toujours par écrire des choses interminables, quand on aime on finit toujours par se prendre pour Albert Cohen, Alice est venue, Alice a quitté Antoine, elle est partie, enfin, enfin, et nous nous sommes envolés, mentalement et physiquement, nous avons pris le premier avion pour Rome, bien sûr, où d'autre aller, Hôtel d'Angleterre, Piazza Navona, Fontaine de Trevi, vœux éternels, balades en Vespa, quand nous avons demandé des casques le loueur de scooters a tout compris il a répondu il fait trop chaud, amour, amour ininterrompu, trois, quatre, cinq fois par jour, mal à la bite, jamais vous n'avez autant joui, tout recommence, vous n'êtes plus seuls, le ciel est rose, sans toi je n'étais rien, enfin je respire, nous marchons au-dessus des pavés, quelques centimètres plus haut que le sol, personne ne le voit sauf nous, nous sommes sur coussins d'air, nous sourions sans raison aux Romains qui nous prennent pour des mongoliens, des membres d'une secte, la secte de Ceux qui Sourient en Lévitation, tout est devenu si facile maintenant, on met un pas devant l'autre et c'est le bonheur l'amour la vie les tomatesmozarella noyées dans l'huile d'olive les pasta au parmesan, on ne finit jamais les assiettes, trop occupés à se regarder dans les yeux se caresser les mains bander, je crois que nous n'avons pas dormi depuis dix jours, dix mois, dix ans, dix siècles, le soleil sur la plage de Fregene on prend des Polaroid comme celui qu'Anne a trouvé dans son sac à Rio, il suffit de respirer et de te regarder, c'est pour toujours, pour toujours et à jamais, c'est invraisemblable, époustouflant comme la joie de vivre nous étouffe, je n'ai jamais vécu ça, est-ce que tu ressens ce que je ressens ? tu ne pourras jamais m'aimer autant que je t'aime, non c'est moi qui t'aime plus que toi, non c'est moi, non c'est moi, bon c'est nous, c'est si merveilleux de devenir complètement débile, à courir vers la mer, tu étais faite pour moi, comment exprimer quelque chose d'aussi beau avec des mots, c'est comme si, comme si on avait quitté la nuit noire pour entrer dans une lumière éblouissante, comme une montée d'ecstasy qui ne s'arrêterait jamais, comme un mal de ventre qui disparaît, comme la première bouffée d'air que tu inspires après t'être retenu de respirer sous l'eau, comme une réponse unique à toutes les questions, les journées passent comme des minutes, on oublie tout, on naît à chaque seconde, on ne pense à rien de laid, on est dans un présent perpétuel, sensuel, sexuel, adorable, invincible, rien ne peut nous atteindre, on est conscient que la force de cet amour sauvera le monde, oh nous sommes effroyablement heureux, tu montes dans la chambre, attends-moi dans le hall, je reviens tout de suite, et quand tu as pris l'ascenseur j'ai grimpé par l'escalier quatre à quatre, en sortant de l'ascenseur c'est moi qui t'ai ouvert la porte, oh nous avions les larmes aux yeux d'avoir été séparés trois minutes, lorsque tu as croqué dans une pêche bien mûre le jus de fruit dégoulinait sur tes cuisses bronzées oh putain j'ai envie de toi tout le temps, encore et encore, regarde comme je sperme sur ton visage, oh Marc, oh Alice, j'ai un orgasme, c'est looong, c'est fooort, on n'a visité aucun monument de cette ville, ça y est elle est prise d'un fou rire, qu'est-ce que j'ai dit pour que tu ries comme ça, c'est nerveux, j'ai joui si fort je t'adore, mon amour, quel jour sommes-nous ?

# II
## Trois ans plus tard
## à Formentera

# I

## Jour J – 7

Casa Le Moult. Me voici à Formentera pour finir ce roman. Ce sera mon dernier : j'achève la trilogie (dans le premier, je tombais amoureux ; dans le second, je me mariais ; dans le troisième, je divorce et je retombe amoureux. La boucle est bouclée). On a beau essayer d'innover dans la forme (mots étranges, anglicismes, tournures bizarroïdes, slogans publicitaires, etc.) comme dans le fond (nightclubbing, sexe, drogue, rock'n roll...), on se rend vite compte que tout ce qu'on voudrait, c'est écrire un roman d'amour avec des phrases très simples – bref, ce qu'il y a de plus difficile à faire.

J'écoute le bruit de la mer. Je ralentis enfin. La vitesse empêche d'être soi. Ici les journées ont une durée lisible dans le ciel. Ma vie parisienne n'a pas de ciel. Pondre une accroche, faxer un article, répondre au téléphone, vite, courir de réunion en réunion, déjeuner sur le pouce, vite, vite, se grouiller en scooter pour arriver en retard à un cocktail. Mon existence absurde méritait bien un coup de frein. Se concentrer. Ne faire qu'une seule chose à la fois. Caresser la beauté du silence. Profiter de la lenteur. Entendre le parfum des couleurs. Tous ces trucs que le monde veut nous interdire.

Tout est à refaire. Il faut tout réorganiser dans cette société. Aujourd'hui ceux qui ont de l'argent n'ont pas de temps, et ceux qui ont du temps n'ont pas d'argent. Échapper au travail est aussi difficile qu'échapper au chômage. L'oisif est l'ennemi public numéro un. On attache les gens avec l'argent : ils sacrifient leur liberté pour payer leurs impôts. Il ne faut pas tourner autour du pot : l'enjeu du siècle prochain sera de supprimer la dictature de l'entreprise.

Formentera, petite île... Satellite d'Ibiza dans la constellation des Baléares. Formentera, c'est la Corse sans les bombes, Ibiza sans les boîtes, Moustique sans Mick Jagger, Capri sans Hervé Vilard, le Pays basque sans la pluie.

Soleil blanc. Promenade en Vespa. Chaleur et poussière. Fleurs desséchées. Mer turquoise. Odeur des pins. Chant des grillons. Lézards trouillards. Moutons qui font mêêê.

— Il n'y a pas de « mais », leur rétorqué-je.

164

Soleil rouge. Gambas a la plancha. Vamos a la playa. Étoiles de ciel. Gin con limon. Je cherchais l'apaisement, c'est ici, où il fait trop chaud pour écrire de longues phrases. On peut être en vacances ailleurs que dans le coma. La mer est remplie d'eau. Le ciel bouge sans cesse. Les étoiles filent. Respirer de l'air devrait toujours être une occupation à plein temps.

C'est l'histoire d'un type qui s'enferme tout seul sur une île pour terminer un bouquin. Le type mène une vie de dingue, cela lui fait tout drôle de se retrouver livré à lui-même, dans la nature, sans télévision, ni téléphone. A Paris, il est pressé, joue les dynamiques, ici ne bouge pas de la journée, se promène le soir, toujours seul. Barnabooth à Florence, Byron à Venise, le panda du zoo de Vincennes sont ses modèles. La seule personne à qui il dise bonjour est la serveuse de San Francesco. Le type porte une chemise noire, un jean blanc, des Tod's. Boit des pastis et des gin-limon. Bouffe des chips et des tortillas. N'écoute qu'un seul disque : *La Sonate à Kreutzer* par Arthur Rubinstein. Hier on l'aurait même aperçu applaudissant un but français dans le match France-Espagne, ce qui est de mauvais goût, mais courageux, quand on est le seul Français dans un bistrot, en Espagne, sur un port. Si vous croisiez ce type, vous penseriez sans doute : « Mais que fout ce con de Parisien à la Fonda Pepe hors saison ? » Cela me chagrine un peu, vu que le type en question, c'est moi. Alors, mettez-la un peu en veilleuse, merci. Je suis l'ermite qui sourit au vent tiède.

Dans une semaine cela fera trois ans que je vis avec Alice.

# II
## Jour J – 6

Bon, d'accord, quand Alice a quitté Antoine,
puis quand nous avons déménagé pour vivre
ensemble rue Mazarine (la rue où Antoine Blondin est mort), je ne vous cache pas qu'il m'arrivait d'être pris d'angoisse. Le bonheur est bien
plus effrayant que le malheur. D'avoir obtenu
ce que je désirais le plus au monde me combla
de joie, et simultanément, me plongea dans le
doute. Referais-je les mêmes erreurs ? N'étais-je
qu'un romantique cyclique ? Maintenant qu'elle
était là, en voulais-je vraiment ? Deviendrais-je
trop tendre ? M'arrivait-il de m'ennuyer avec
elle ? Quand est-ce que j'arrêterais de me prendre la tête, bordel de merde ?

Antoine voulait me tuer, la tuer, se tuer. Notre
couple se bâtissait sur les cendres d'un double
divorce, comme s'il fallait se repaître de deux
sacrifices humains pour construire un nouvel
amour. Schumpeter appelait cela la « destruc-

tion créatrice », mais Schumpeter était économiste, et les économistes sont rarement des sentimentaux. Nous avons détruit deux mariages pour rester unis, tel le blob qui absorbe ses victimes pour s'agrandir. Le bonheur est une chose si monstrueuse que, si vous n'en crevez pas vous-même, il exigera de vous au moins quelques assassinats.

Jean-Georges est venu me rejoindre à Formentera. Ensemble, nous refaisons le monde, puis rendons visite aux poissons sous la mer. Il rédige une pièce de théâtre, il boit donc autant que moi.

Poème à lire en état d'ivresse :

*A Formentera*
*Tu fermenteras.*

Nous croisons de vieux couples de hippies défoncés, qui sont restés ensemble, ici, depuis les années soixante. Comment ont-ils fait pour tenir si longtemps ? J'en ai les larmes aux yeux. Je leur achète de l'herbe. Avec Jean-Georges, nous picolons dans les troquets, en jouant au billard. Il me raconte ses amours. Il vient de rencontrer la femme de sa vie, il est heureux, pour la première fois.

— Aimer : nous ne vivons pour rien d'autre, dit-il.

— Et faire des enfants ?

— Pas question ! Donner naissance à quelqu'un dans un monde pareil ? Criminel ! Égoïste ! Narcissique !

— Moi, les femmes, je leur fais mieux qu'un enfant : je leur fais un livre, proclamé-je en levant le doigt.

Nous jetons des œillades à la serveuse. Elle est méprisante, porte un boléro, sa peau mate est légèrement duveteuse, grands yeux noirs, se tient cambrée, farouche comme une squaw.

— Elle ressemble à Alice, dis-je. Si je couchais avec elle, je serais quand même fidèle.

Alice est restée à Paris, et viendra me rejoindre ici dans une semaine.

Dans six jours cela fera trois ans que je vis avec elle.

# III
## Jour J – 5

La serveuse en robe dos nu s'appelle Matilda.
Elle est booonne. Jean-Georges lui a chanté la
chanson de Harry Belafonte : *Matilda she take
me money and run Venezuela.*

Je crois que je pourrais tomber amoureux
d'elle si Alice ne me manquait pas autant. Au
bar de Ses Roques, nous l'avons invitée à danser.
Elle tapait dans ses mains mates, ondulait des
hanches, sa chevelure tourbillonnait. Elle avait
des poils sous les bras. Jean-Georges lui a
demandé :

— Pardon Mademoiselle, nous cherchons un
endroit où dormir. Vous n'auriez pas de la place
chez vous, por favor ?

Elle portait une fine chaîne en or autour de
la taille et une autre autour de la cheville. Malheureusement, Matilda n'a pas pris notre argent
et ne s'est pas enfuie au Venezuela. Elle s'est

contentée de rouler les joints avec nous, jusqu'à ce qu'on s'endorme à la belle étoile. Ses doigts étaient longs et agiles. Elle léchait le papier à cigarette avec application. Je crois que nous étions tous assez troublés, même elle.

De retour à la Casa, complètement raide, Matilda a saisi ma queue à bras-le-corps. Elle avait une chatte géante mais musclée qui sentait les vacances. Ses cheveux puaient la sinsemilla. Elle criait si fort que Jean-Georges a rempli sa bouche pour la faire taire ; ensuite nous avons échangé les places avant d'éjaculer en chœur sur ses gros seins fermes. Juste après avoir joui, je me suis réveillé en sueur, mort de soif. Un véritable ermite ne devrait pas trop abuser de ces plantes exotiques.

Dans cinq jours cela fera trois ans que je vis avec Alice.

# IV
## Jour J – 4

L'homme seul redevient préhistorique : au bout de quelques jours il ne se rase plus, ne se lave plus, pousse des grognements. Pour mener l'être humain vers la civilisation, il a fallu quelques millions d'années, alors que le retour au Néandertal prend moins d'une semaine. Ma démarche est de plus en plus simiesque. Je me gratte les testicules, mange mes crottes de nez, me déplace par petits bonds. A l'heure des repas, je me jette en vrac sur la nourriture et la dévore avec les doigts, mélangeant le saucisson et les chewing-gums, les chips au fromage et le chocolat au lait, le Coca-Cola et le vin. Puis je rote, pète et ronfle. C'est ça, un jeune écrivain français de l'avant-garde.

Alice a débarqué par surprise. Elle a mis ses mains sur mes yeux au marché de la Mola, trois jours avant la date prévue de son arrivée.

— Qui c'est ?

— No sé. Matilda ?

— Salaud !

— Alice !

Nous sommes tombés dans les bras l'un de l'autre.

— Ben ça, pour une surprise, c'est une sur-prise !

J'étais obligé de dire ça ?

— Avoue que tu ne t'y attendais pas, hein ? Et d'abord c'est qui cette Matilda ?

— Oh rien… Une locale que Jean-Georges a branchée hier soir.

Si cela n'est pas le bonheur, en tout cas cela y ressemble d'assez près : nous grignotons du Serrano sur la plage, l'eau est tiède, Alice est bronzée, cela lui donne les yeux verts. Nous faisons la sieste l'après-midi. Je lèche le sel de mer sur son dos. Nous ne dormons pas tant que ça. Pendant l'amour, Alice m'énumère la liste des garçons qui l'ont suppliée de me quitter à Paris. Je lui narre en détails mon rêve érotique de la veille. Pourquoi toutes les femmes que j'aime ont-elles les pieds froids ?

Jean-Georges et Matilda nous rejoignent pour le dîner. Ils semblent très épris. Ils ont découvert qu'ils avaient tous les deux perdu leur père cette année.

— Mais moi c'est plus grave car je suis une fille, dit Matilda.

— Je déteste les filles amoureuses de leur père, surtout quand il est mort, dit Jean-Georges.

— Les filles qui n'ont jamais été amoureuses de leur père sont frigides ou lesbiennes, précisé-je.

Alice et Matilda dansent ensemble, on dirait deux sœurs un peu incestueuses. Nous nous collons à elles. Il fait bon, ça aurait pu dégénérer, on se sépare à regret, mais on se rattrape chacun dans sa chambre.

Avant de m'endormir, j'accomplis enfin un geste révolutionnaire : je retire ma montre. Pour que l'amour dure toujours, il suffit de vivre hors du temps. C'est le monde moderne qui tue l'amour. Si nous nous installions ici ? Rien ne coûte cher ici. Je faxerais des papiers à Paris, je demanderais des à-valoir à plusieurs éditeurs, de temps en temps j'expédierais une campagne de pub par DHL…

Et l'on s'emmerderait à crever.

Bon sang, l'angoisse me reprend. Je sens venir le danger. J'en ai marre d'être moi. J'aimerais bien que quelqu'un me dise de quoi j'ai envie. Il est vrai que, de temps à autre, notre passion devient tendresse. La machination se remettrait-elle en branle ? Il faut repousser les endorphines. Je l'aime et pourtant j'ai peur qu'on s'ennuie. Parfois, nous jouons à être chiants exprès. Elle me dit :

— Bon… Je vais aller faire les courses… A tout à l'heure…

Je lui réponds :

— Et après nous irons nous promener…

— Cueillir du romarin…

— Déjeuner sur la plage…

— Acheter les journaux…

— Ne rien faire…

— Ou nous suicider…

— La seule belle mort à Formentera, c'est de tomber de vélo, comme la chanteuse Nico[1].

Je me dis que si nous plaisantons là-dessus, c'est que la situation n'est pas si grave.

Le suspense augmente. Dans quatre jours cela fera trois ans que je vis avec Alice.

---

1. A l'époque où ce livre a été vécu, Jean-Edern Hallier ne l'avait pas encore imitée… (Note de l'auteur).

# V
## Jour J – 3

Avec Alice, nous faisons l'amour moins souvent mais de mieux en mieux. J'effleure ses centimètres carrés favoris. Elle ferme mes yeux.
Avant elle jouissait une fois sur deux, maintenant
elle jouit une fois par fois. Elle me laisse écrire
tout l'après-midi. Pendant que je travaille, elle se
dore au soleil sur la plage. Vers six heures du
soir, elle revient et je lui prépare une mauresque
bien glacée. Puis je vérifie son bronzage intégral.
Je trais ses pamplemousses. Elle me suce, puis
je l'encule. Ensuite, elle lit ceci par-dessus
mon épaule et me demande de supprimer « je
l'encule ». J'accepte, j'écris « je la prends », et
quand elle s'éloigne je fais un petit « Pomme Z »
sur mon Macintosh. La littérature est à ce prix,
l'Histoire des Lettres n'est qu'une longue litanie
de trahisons, j'espère qu'elle me pardonnera.

Je refuse de finir *Tendre est la nuit* ; j'ai
comme un sinistre pressentiment : à mon avis,

cela ne va plus très fort entre Dick Diver et Nicole. J'écoute *La Sonate à Kreutzer* en songeant au roman éponyme de Tolstoï. L'histoire d'un homme trompé qui tue sa femme. Le violon et le piano de Beethoven lui ont inspiré le couple. Je les écoute se rejoindre, s'interrompre, s'envoler, se quitter, se réconcilier, se fâcher, et enfin s'unir dans le crescendo final. C'est la musique de la vie à deux. Le violon et le piano sont incapables de jouer seuls...

Si notre histoire tourne court, je serai complètement blasé. Jamais je ne pourrais donner autant à quelqu'un d'autre. Finirai-je ma vie en baisant des putes de luxe et des cassettes vidéo ?

Il faut que ça marche.

Il faut que nous parvenions à passer le cap des trois ans. Je change d'avis toutes les secondes.

Peut-être faudrait-il que nous vivions séparés. La vie à deux, c'est trop usant.

Je n'ai pas de tabou ; l'échangisme ne me choque pas. Après tout, quitte à être cocu, autant l'organiser soi-même. L'union libre, c'est cela la solution : un adultère sous contrôle.

Non. Je sais : il faut que nous fassions un enfant, vite !

J'ai peur de moi. Le compte à rebours égrène ses journées de Damoclès. Dans trois jours cela fera trois ans que je vis avec Alice.

# VI
## Jour J – 2

L'erreur est de vouloir une vie immobile. On veut que le temps s'arrête, que l'amour soit éternel, que rien ne meure jamais, pour se prélasser dans une perpétuelle enfance dorlotée. On bâtit des murs pour se protéger et ce sont ces murs qui un jour deviennent une prison.

Maintenant que je vis avec Alice, je ne construis plus de cloisons. Je prends chaque seconde d'elle comme un cadeau. Je m'aperçois qu'on peut être nostalgique du présent. Je vis parfois des moments si merveilleux que je me dis : « Tiens ? Je vais regretter ce moment plus tard : il faut que je n'oublie jamais cet instant, pour pouvoir y repenser quand tout ira mal. » Je découvre que pour rester amoureux, il faut une part d'insaisissable en chacun. Il faut refuser la platitude, ce qui ne veut pas dire s'inventer des soubresauts artificiels et débiles, mais savoir s'étonner devant le miracle de tous les jours. Être généreux, et simple. On est amoureux le jour où l'on met du dentifrice sur une autre brosse à dents que la sienne.

Surtout, j'ai appris que pour être heureux, il faut avoir été très malheureux. Sans apprentissage de la douleur, le bonheur n'est pas solide. L'amour qui dure trois ans est celui qui n'a pas gravi de montagnes ou fréquenté les bas-fonds, celui qui est tombé du ciel tout cuit. L'amour ne dure que si chacun en connaît le prix, et il vaut mieux payer d'avance, sinon on risque de régler l'addition a posteriori. Nous n'avons pas été préparés au bonheur parce que nous n'avons pas été habitués au malheur. Nous avons grandi dans la religion du confort. Il faut savoir qui l'on est et qui l'on aime. Il faut être achevé pour vivre une histoire inachevée.

J'espère que le titre mensonger de ce livre ne vous aura pas trop exaspéré : bien sûr que l'amour ne dure pas trois ans ; je suis heureux de m'être trompé. Ce n'est pas parce que ce livre est publié chez Grasset qu'il dit nécessairement la vérité.

Je ne sais pas ce que le passé me réserve (comme disait Sagan), mais j'avance, dans la terreur émerveillée, car je n'ai pas d'autre choix, j'avance, moins insouciant qu'autrefois, mais j'avance quand même, j'avance malgré, j'avance et je vous jure que c'est beau.

Nous faisons l'amour dans l'eau translucide d'une crique déserte. Nous dansons sous des vérandas. Nous flirtons au bord d'une ruelle mal éclairée en buvant du Marqués de Cáceres. Nous n'arrêtons pas de manger. C'est la vraie vie, enfin. Quand je l'ai demandée en mariage, Alice a eu cette réponse pleine de tendresse, de romantisme, de finesse, de beauté, de douceur et de poésie :

— Non.

Après-demain, cela fera trois ans que je vis avec elle.

# VII
## Jour J – 1

Le soleil est inéluctable. Cela ne se voit peut-être pas mais j'ai mis des heures à trouver cette phrase. Les oiseaux piaillent, c'est comme ça que je m'aperçois qu'il fait jour. Même les oiseaux sont amoureux. C'est l'été où les Fugees ont repris *Killing me softly with his song* de Roberta Flack et je sais que je m'en souviendrai.

— Tu sais, Marc, que demain ce sera l'anniversaire de nos trois ans ensemble ?

— Chut ! Tais-toi ! On s'en fiche, je ne veux pas le savoir !

— Moi je trouve ça mignon, je ne vois pas pourquoi tu devrais être désagréable.

— Je ne suis pas désagréable, simplement il faut que je travaille.

— Tu veux que je te dise ? Tu es un égoïste prétentieux, tu t'intéresses tellement qu'à toi que ça en devient écœurant.

— Pour pouvoir aimer quelqu'un d'autre, il faut d'abord s'aimer soi-même.

— Ton problème, c'est que tu t'aimes tellement qu'il n'y a plus de place pour personne d'autre !

Elle est partie sur mon scooter, soulevant derrière elle une traînée magique de poussière sur le chemin cahoteux. Je n'ai pas essayé de la rattraper. Quelques heures plus tard, elle est revenue et je lui ai demandé pardon en lui baisant les pieds. Je lui ai promis que nous ferions un barbecue en tête-à-tête pour fêter notre anniversaire. Les fleurs du jardin étaient jaunes et rouges. Je lui ai demandé :

— Dans combien de temps tu me quitteras ?

— Dans dix kilos.

— Eh ! J'y peux rien si le bonheur fait grossir !

Au même moment, à Paris, un artiste nommé Bruno Richard nota dans son Journal cette phrase : « Le bonheur, c'est le silence du malheur. » Il pouvait mourir tranquille après ça.

Demain cela fera trois ans que je vis avec Alice.

# VIII
## Jour J

La dernière journée de l'été est arrivée. La fin
des haricots se fait sentir sur les plages de
Formentera. Matilda est partie sans laisser
d'adresse. Le vent se faufile dans les murets de
pierre, et sous les pieds. Le ciel est inexorable.
Les domaines du silence s'agrandissent, aux
Baléares.

Épicure préconise de s'en tenir au présent, à
la plénitude du plaisir simple. Faut-il préférer le
plaisir au bonheur ? Plutôt que de se poser la
question de la durée d'un amour, profiter de
l'instant est-il le meilleur moyen de le prolonger ? Nous serons des amis. Des amis qui se
tiennent par la main, qui bronzent en se roulant
des patins, s'interpénètrent avec délicatesse
contre le mur d'une villa en écoutant Al Green,
mais des amis quand même.

Une journée splendide a béni notre anniversaire. A la plage nous avons nagé, dormi, heureux de chez Heureux. Le barman italien du petit kiosque m'a reconnu :

— Hello, my friend Marc Marronnier !

Je lui ai répondu :

— Marc Marronnier est mort. Je l'ai tué. A partir de maintenant il n'y a plus que moi ici et moi je m'appelle Frédéric Beigbeder.

Il n'a rien entendu à cause de la musique qu'il diffuse à tue-tête. Nous avons partagé un melon et une glace. J'ai remis ma montre. J'étais enfin devenu moi-même, réconcilié avec la Terre et le temps.

Et le soir est arrivé. Après un détour chez Anselmo pour boire un gin-Kas en écoutant le clapotis des vaguelettes contre le ponton, nous sommes rentrés à la casa.

La nuit était éclairée par les étoiles et les bougies. Alice a préparé une salade d'avocat aux tomates. J'ai allumé un bâtonnet d'encens. La radio grésillante diffusait un vieux disque de flamenco. Les côtelettes d'agneau cramaient sur le barbecue. Les lézards se planquaient dans les azulejos. Les grillons ont fermé leur gueule d'un seul coup. Elle s'est assise près de moi en souriant d'émotion. Nous avons bu deux bouteilles de rosé chacun. Trois ans ! Le compte à rebours était terminé ! Ce que je n'avais pas compris, c'est qu'un compte à rebours est un début. A la fin d'un compte à rebours, il y a une fusée qui décolle. Alleluia ! Joie ! Merveille ! Et dire que je m'angoissais comme un con !

Ce qu'il y a de fantastique avec la vie, c'est qu'elle continue. On s'est embrassés lentement, mains jointes sous la lune orange, à l'écoute de l'avenir.

J'ai regardé ma montre : il était 23 h 59.

*Verbier-Formentera, 1994-1997.*

# « L'amour dure trois ans »

*Scénario de Frédéric Beigbeder*
*Avec la collaboration de Christophe Turpin*
*et Gilles Verdiani*

Un scénario est un brouillon. Le tournage et le montage sont là pour lui désobéir. Le texte qui suit est la retranscription exacte des dialogues du film, son scénario proprement dit me paraissant une étape impubliable. Il doit beaucoup aux comédiens, en particulier à Gaspard Proust et à sa verve sarcastique. Je remercie également Eugénie Grandval pour ses tortures lors de ma phase finale de réécriture au bord de la piscine du château Marmont, et je vous souhaite une excellente projection.

F.B.

## DISTRIBUTION

Gaspard Proust : *Marc Marronnier*
Louise Bourgoin : *Alice*
Joey Starr : *Jean-Georges*
Jonathan Lambert : *Pierre*
Frédérique Bel : *Kathy*
Nicolas Bedos : *Antoine*
Valérie Lemercier : *Francesca Vernisi*
Elisa Sednaoui : *Anne Marronnier*
Anny Duperey : *la mère de Marc*
Bernard Ménez : *le père de Marc*
Pom Klementieff : *Yulya*
Thomas Jouannet : *le prof de surf*
Chloë Beigbeder : *la fillette à la planche de surf*
Christophe Bourseiller : *le curé*
Jules-Édouard Moustic : *le gourou*
Sandra Zeitoun : *la barmaid*

*Et dans leur propre rôle :* Michel Legrand, Marc Levy, Thierry Ardisson, Michel Denisot, Ali Baddou, Ariane Massenet, Pascal Bruckner, Alain Finkielkraut, Paul Nizon, Jean-Didier Vincent, Nicolas Rey, Emma Luchini, Olivier Benkemoun, et la vraie voix de Teresa Cremisi.

## SAN PEDRO, CALIFORNIE, 1983

L'écrivain Charles Bukowski est interviewé par une journaliste allemande.

### LA JOURNALISTE
What is your definition of love ?

Bukowski prend son temps, allume sa cigarette.

### BUKOWSKI
Love ? *(Il tire sur sa cigarette et recrache la fumée.)* It's kind of…, like, you know, you see a fog in the morning, when you wake up, before the sun comes out… ? It's just there for a little while and then it burns away…

Il tire à nouveau sur sa clope. La journaliste sourit.

191

LA JOURNALISTE

Really ? It burns away ?

BUKOWSKI

Absolutely. *(Sourire.)* Quickly. *(Il rit et tire sur sa cigarette.)* Love is a fog that burns with the first daylight of reality.


GÉNÉRIQUE

Montage racontant les trois ans de vie commune de Marc avec Anne. Image Super 8, comme des films de vacances. Musique « Your song » par Ellie Goulding. Cette séquence doit faire sourire au début par son aspect kitsch-romantique, puis émouvoir sincèrement à la fin.

**A** – SYNTHÉ : PREMIÈRE ANNÉE

Gros plan sur un visage qui sourit : Anne, une très belle jeune femme au visage d'ange. On élargit. Marc et Anne font du cerf-volant dans le parc de Sceaux. Ils rient, regardent les oiseaux, les arbres, la nature. Ils sont seuls au monde. Ils gambadent sur une pelouse verte, s'étendent et se roulent par terre, s'embrassent, caressent un chaton. Les nuages défilent. *(Différentes tenues/coiffures pour symboliser le temps qui passe.)*

**B** – SYNTHÉ : DEUXIÈME ANNÉE

On voit leur mariage : échange des anneaux, baiser romantique, sortie de l'église, puis leur voiture, une vieille décapotable anglaise, les emporte sous une pluie de riz et de Chamallows. Marc et Anne pendant leur nuit de noces, qui s'embrassent, nus sous un drap dans un grand lit blanc.

**C** – SYNTHÉ : TROISIÈME ANNÉE

Ils marchent côte à côte en lisant chacun leurs messages sur leur portable. Ils lisent des magazines dans le même lit. Elle lit *Elle* et lui lit *GQ*. On les voit regarder la télé dans le même lit. Les deux qui regardent leurs messages sur leurs portables au restaurant. Ils sont au Montana, la boîte de nuit, seuls à une table, sans se parler. Il se lève pour aller aux toilettes. Elle prend son téléphone, regarde dedans (visage éclairé par la lumière bleutée du téléphone) et se lève ulcérée, folle de rage. Elle dort en lui tournant le dos, il se branle en matant des pornos sur son ordinateur, à côté d'elle. Anne ouvre les yeux.

PANNEAU :

# ACTE I

# AVEC LE TEMPS, ON N'AIME PLUS

## 1. INT. JOUR – BIBLIOTHÈQUE

Marc vient annoncer son divorce à ses amis, Pierre et sa fiancée Kathy. Kathy serre Marc dans ses bras comme s'il venait de perdre toute sa famille. Mais elle le serre un peu trop longtemps.

### MARC

Bon ben ça y est, super, je divorce demain !

### KATHY

Oh, désolée. Pierre m'a dit... What a waste ! It is horrible ! I'm so sad...

### PIERRE

Bon ben ça va, il est consolé, là !

KATHY

Oh, I love when he's jealous ! *(Elle rit.)*

Pierre et Kathy ramassent leurs affaires et tous trois quittent la salle de lecture.

PIERRE

Oui, c'est son nouveau truc. Elle trouve que c'est plus sexy de me parler en anglais depuis qu'elle passe sa vie à mater des pornos sur Internet.

KATHY

Hmm... Oh, oh, oh my god ! Can you put your big cock in my pussy ?

PIERRE

Chut !

KATHY, *regardant Marc*

Eh ben oui, j'mets du piment dans mon couple !

PIERRE

Yes, you do !

Yes, I do ? Oh, I'm so wet !

## 2. INT. JOUR – PALAIS DE JUSTICE – COURSIVES

La caméra défile dans les coursives du Palais de justice. Dans la salle d'attente, il n'y a que des hommes et des femmes seuls, stressés, accompagnés d'avocats sinistres. Les gens attendent leur tour assis, de part et d'autre du couloir. On voit une femme insulter son mari : « Mais j't'ai jamais aimé ! Tu vois pas le temps que j'ai perdu avec toi ? Ça suffit ! » ; un homme dit à son avocat qu'il ne veut plus divorcer et celui-ci s'agace : « Mais enfin, vous voyez bien que c'est une pute ! » ; puis Marc, costumé, cravaté, un œil au beurre noir, assis à côté de celle qui doit le défendre.

MARC, *à son avocate*

Vous savez quoi ? Avant de se marier, les gens devraient tous venir faire un tour ici, histoire de se vacciner... Comme quand un adolescent réclame un scooter et que ses parents l'emmènent à Garches, visiter le rayon des amputés...

### Une voix

Les époux Marronnier s'il vous plaît ?

### L'avocate de Marc, *se levant*

Ah ! Je crois que c'est à nous !

Marc se lève et suit son avocate dans le couloir.
Celle-ci est enceinte jusqu'aux dents.

### Marc, *en voix off*

La veille de cette sinistre journée, j'avais
tenté de me réconcilier avec Anne. Et
tout ce que j'avais réussi à rapprocher,
c'était son poing... de mon œil.

### 3. INT. JOUR – PALAIS DE JUSTICE – BUREAU DU JUGE

### Le juge, *ouvrant un épais dossier*

Alors, Anne Marronnier, acceptez-vous
de ne plus avoir pour époux Marc ici
présent ?

### Anne

Oh que oui !

### Le juge

Marc Marronnier, acceptez-vous de ne
plus avoir pour épouse Anne ici présente ?

## MARC

Si je dis « non », est-ce que je récupère les 60 000 euros ? Parce que c'est pas moi qui ait demandé le divorce, voyez ?

## ANNE

Oui, mais c'est lui qui m'a demandée en mariage.

## LE JUGE, *à Marc*

Donc c'est un juste retour des choses... Je vous déclare donc ex-mari et ex-femme. Vous pouvez vous détester jusqu'à la fin de votre vie.

Les deux avocats, de part et d'autre de Marc et d'Anne, ferment leurs dossiers. Tout comme le juge.

## ANNE, *prenant ses affaires et se levant*

Merci, on a déjà commencé...

## LE JUGE

Au suivant...

Les avocats et Anne quittent la salle.

MARC

Est-ce que... Est-ce que je peux faire
appel ?


LE JUGE

Au revoir, monsieur.

### 4. INT. NUIT – MONTANA – BOÎTE DE NUIT

Sans enlever son casque, Marc se présente devant
l'établissement. Le portier lui barre la route,
relève la visière de Marc, puis, le reconnaissant,
le laisse entrer avec un amical empressement.
Marc fait un « check » à Jean-Georges.

JEAN-GEORGES, *à Marc*

C'est à cette heure-là qu't'arrives ?

Marc retire son casque de moto et entre.

MARC, *à la caméra*

Comme beaucoup de gens dans le tiers
monde, j'exerce deux métiers : critique
littéraire et chroniqueur nocturne. Ce
qui me permet de sortir beaucoup... Et
de boire sans payer.

LA BARMAID, *apercevant Marc, crie*
AAAAGAAAAA !

MARC, *criant à son tour*
AAAAAGAAAAA !

C'est visiblement leur cri de ralliement, il met sa tête entre ses seins et la secoue, se faisant une sorte de massage facial, puis ils redeviennent normaux comme si ce geste était quotidien.

MARC, *à la barmaid, derrière le comptoir*
Rassure-moi, cette soirée n'a aucun intérêt ?

LA BARMAID
Ah si, si ! Ta femme est aux chiottes avec Pete Doherty depuis plus de vingt minutes !

MARC
Ça m'aurait vraiment fait rire si j'avais pas divorcé aujourd'hui...

LA BARMAID, *soudain sérieuse*
Merde ! Elle s'est barrée avec qui ?

MARC

Marc Levy.

LA BARMAID

Oh mon Dieu !!! Tu vas goûter ma
dernière création. *(Elle sort trois verres
à shots de derrière le comptoir.)* Le
« Bonsoir, et puis... au revoir ! » Je
t'explique, tu bois les trois !

MARC

Ça fait quoi ?

LA BARMAID

Tu te souviendras de rien, mais tout le
monde se souviendra de toi ! *(Lui prenant le visage :)* Je suis là !

MARC, *à la caméra*

Le bonheur n'existe pas *(il boit le premier verre)*, l'amour est impossible *(il
boit le second)*, rien n'est grave, sauf le
locked-in syndrom *(et il descend le dernier).*

## 5. INT. NUIT – APPARTEMENT DE MARC

5A – Marc, chez lui, visionnant une vidéo de Michel Legrand, en duo avec Nana Mouskouri : « I will wait for you ».

> MARC, *à la caméra*
>
> Michel Legrand m'a souvent sauvé la vie. Mais là...

Il se lève, ouvre un placard et en sort une cravate qu'il se passe autour du cou sans la nouer.

> MARC, *se servant un shot de vodka dans une boîte pleine de Lexomil*
>
> Bonsoir, et puis au revoir !

Il boit la boîte cul-sec. Il griffonne sur un Post-it : « Tout homme encore en vie après 30 ans est un con » et colle le Post-it sur l'écran de son ordinateur.

Il place une chaise sous le lustre du salon, monte dessus, noue sa cravate autour de la suspension en faisant un nœud coulant. Il y passe sa tête et fait basculer la chaise avec ses pieds. On voit ses pieds pendre dans le vide.

Gros plan sur un cadre affichant leur photo de mariage.

**5B** – EN SURIMPRESSION : 36 heures plus tard...
L'aspirateur automatique se déplace dans la pièce et butte contre le corps de Marc, allongé par terre. Le lustre s'est décroché.

MARC

Bonjour R2D2, j'ai vu toute ma vie défiler... C'était d'un chiant ! Travaille bien !

L'aspirateur pivote et part dans l'autre sens.

MARC

Bye bye !

Marc, une chemise propre, s'installe à nouveau devant son ordinateur.

MARC, *retirant le Post-it en marmonnant*

Très drôle ! Très très très drôle !

Il ouvre un document Word et commence à taper : L'amour dure trois ans.

MARC, *tapant*

L'amour est un combat perdu d'avance contre le temps. *(A lui-même :)* Très important la première phrase. *(Puis,*

203

*effaçant la fin de ce qu'il vient d'écrire :)*
Non, « perdu d'avance. », c'est mieux.

**5C** – FLASHBACK
Marc et Anne posant un vase sur une console,
puis déplaçant le vase et la console, puis Anne
cassant le vase sur la tête de Marc.

> MARC, *en voix off*
>
> La première année, on achète les
> meubles. La deuxième année, on
> déplace les meubles. La troisième
> année, on partage les meubles.

**5D** – INT. NUIT – APPARTEMENT DE MARC (FLASH-
BACK)
Anne et Marc regardent la télévision. On entend
une émission politique débile : « Écoutez je ne
vous ai pas interrompu, alors laissez-moi parler
s'il vous plaît ! Monsieur, vous dites des contre-
vérités. Je m'inscris en faux ! »

> MARC, *en voix off*
>
> Elle posait sa main sur ma cuisse pen-
> dant que nous regardions la télé et
> désormais cette main, que je lui avais
> demandée devant Dieu, avait la consis-
> tance d'un gant Mapa.

204

On voit la main d'Anne sur la cuisse de Marc : effectivement elle porte un gant de vaisselle rose.

**5E** – RETOUR DANS L'APPARTEMENT DE MARC

Marc écrit. Plan-séquence où Marc va se multiplier, et sa barbe pousser. Jours et nuits se succèdent en accéléré par la fenêtre. Marc fait les cent pas en se grattant la tête. Marc écrit dans son lit, assis en tailleur, cerné de boîtes de pizza vides. Marc debout fume un pétard énorme. Marc écrit sur le canapé. Marc jette à la poubelle une liasse de feuilles de papier. Marc va dans sa penderie, hésite à prendre des cravates pour se suicider, puis fait non de la tête.

Des phrases du roman apparaissent en surimpression sur les murs de son appartement : « Le divorce est un dépucelage mental. » / « L'adultère rend adulte. »

MARC, *en voix off*

Je jetais dans ces 200 pages corps 12 simple interligne tout ce que mon destin d'homme divorcé me dictait de révéler à mes congénères. J'avais arraché son faux nez à la monogamie pour révéler ce qui se cachait dessous : une opération marketing pour la boutique blanche des Galeries Lafayette. Avec

Marc Marronnier, le totalitarisme conjugal tenait son Soljenitsyne.

EN SURIMPRESSION : « Pourquoi vouloir une vie immobile ? » / « L'amour est le problème des gens qui n'ont pas de problèmes. » / « Un moustique dure une journée. Une journée dure 24 heures, un chat dure dix-sept ans. L'amour, trois. »

> MARC, *à un autre Marc,*
> *lui tendant son manuscrit*

Jette-moi cette bouse à la poubelle, minable !

> L'AUTRE MARC

Très bonne idée, abruti ! Et ça veut écrire des livres, non mais n'importe quoi !

EN SURIMPRESSION, une phrase raturée : « Qu'y a-t-il de pire : ~~baiser~~ faire l'amour sans aimer ou aimer sans faire l'amour ? »

> MARC, *une bouteille à la main,*
> *se parlant à lui-même*

Tu sais quoi ? Tu ne présentes aucun intérêt, tu devrais te suicider.

Encore ? C'est bien une idée d'alcoolique, ça !

EN SURIMPRESSION sur le mur : « Ta gueule ! »

## 6. EXT. JOUR – DEVANT CHEZ MARC, DANS LA RUE

Marc sort de chez lui, le téléphone à l'oreille. Il
porte une tenue élégante et gaie, et à la main
des enveloppes en papier kraft.

### MARC

Allô Jean-Georges ? Oui, ça y est, j'ai
fini mon manuscrit. Ah non ! Pas question de fêter ça, non ! Je ne sors plus
jamais de ma vie !

## 7. INT. NUIT – MONTANA

On remplit la bouche d'une fille la tête penchée
en arrière de plusieurs alcools suivis de jus de
citron vert, une fille ferme la bouche de la première, lui secoue la tête et lui embrasse la joue.
Puis la fille se retourne pour embrasser une
autre fille et lui passer le cocktail dans la bouche... et ainsi de suite, l'alcool passe de fille en
fille... Marc est assis entre elles. La dernière fille
lui tend sa chaussure dans laquelle elle a craché
le cocktail. Il prend une paille et boit dans la

chaussure. Puis hausse les épaules à la caméra d'un air blasé.

## 8. INT. JOUR – APPARTEMENT DE MARC, RIDEAUX TIRÉS

Marc est dans son canapé. Il a visiblement la gueule de bois, il a vomi. La télé est allumée. On entend le présentateur Thierry Ardisson annoncer : « Notre invité Marc Levy ! »
Marc sursaute. Met la main dans son vomi, se réveille dégoûté...

THIERRY ARDISSON

Marc Levy, vous allez faire votre entrée à l'Académie française ? *(Rires.)*

Marc se lève d'un bond et, en jurant, jette l'écran de télé qui tombe sur son pied. Il crie de douleur. On sonne à la porte. Il va ouvrir en boitant.

MARC

Qui est-ce ?

UNE VOIX DE FEMME

Alice. J'ai un truc à te dire.

Marc ouvre la porte. L'image se fige sur Alice mais pas sur Marc.

MARC, *à la caméra*

Ça, c'est Alice. Elle est belle hein ? Si je divorce, c'est en partie à cause d'elle.

EN SURIMPRESSION : 0,5 an plus tôt...

### 9. INT. JOUR – ÉGLISE DE GUÉTHARY (FLASHBACK)

Un enterrement, tout le monde est debout, en noir, attendant le début de la cérémonie.
Entrée du curé qui précède le cercueil. Requiem en basque (un chœur de voix basques entonne un chant religieux). Marc fait semblant de chanter au premier rang, à côté de sa mère.

LE CURÉ

Eh bien, je vous demanderai à tous une minute de recueillement à la mémoire de Nicole. Et pourriez-vous avoir l'obligeance d'éteindre vos téléphones portables ?

A ce moment-là, la porte de l'église s'ouvre. Le père de Marc arrive en retard dans l'église, accompagné d'une ravissante fille habillée en blanc dont les escarpins cliquettent sur le sol. Ils s'arrêtent au premier rang, dans l'allée centrale, au niveau de la mère de Marc.

LA MÈRE DE MARC

Toujours à l'heure, c'est agréable.

LE PÈRE DE MARC

Oh ben, t'es en pleine forme toi !

LA MÈRE DE MARC

Plus que Maman en tout cas.

LE PÈRE DE MARC,
*se rendant compte de sa gaffe*

Je suis désolé pour ta mère...

Marc est embarrassé.

LA MÈRE DE MARC, *au père*

C'est qui la jeune personne qui t'accompagne ?

LE PÈRE DE MARC, *faisant les présentations*

Yulya, mon ex-wife. Mon ex-wife, Yulya.

LA MÈRE DE MARC, *serrant la main de Yulya d'un air méprisant*

Nice to meet you !

Priviet.

Le père et la jeune femme passent devant Marc et sa mère, écrasant leurs pieds au passage, et s'installent à côté de Marc.

LA MÈRE DE MARC

Raah ! Elle me marche sur les pieds en plus !

LE PÈRE DE MARC, *embrassant son fils*

Salut toi !

LE CURÉ

Il y en a ici qui croient qu'on est dans un concert pop ! Alors que c'est une cérémonie de deuil !

Marc ne sait plus où se mettre.

LE CURÉ, *commençant son hommage à la défunte*

Madame de Lindois, Nicky, Granny pour ses petits-enfants, dont je reconnais quelques-uns qui ne sont pas venus se confesser depuis un certain temps *(en regardant Marc fixement)*, oui nous allons te regretter. Je me souviens que Nicky m'invita souventes fois chez elle après la messe, pour prendre le thé, partager le gâteau basque et goûter quelques liqueurs. De très bonnes liqueurs, en quantités généreuses d'ailleurs.

En parallèle, les parents de Marc se disputent au premier rang, passant devant leur fils.

LA MÈRE

Elle est au courant que c'est un enterrement ?

LE PÈRE

Je te signale qu'en Asie, le blanc est la couleur du deuil.

LA MÈRE

Oooh ! Parce qu'on est à Bangkok ici ?

LE PÈRE

Écoute, elle va pas changer ses traditions pour te faire plaisir.

La mère soupire.

MARC, *les interrompant*

Maman, Papa, pas aujourd'hui !

LE CURÉ

Je ne vous dérange pas ? Puis-je continuer ? Merci ! Nicky, disais-je, tu me parlais souvent de ton défunt mari, avec lequel tu as vécu 57 ans de mariage... 57 ans de vie à deux. Comme dit notre Seigneur Jésus : « Jainkoak betiereko bizia eman dauku, haren Semearen baitan den bizia. » Mais lui le disait en araméen.

Quelqu'un éclate alors de rire. C'est Alice. Tout le monde la regarde. Antoine (son mec) lui donne des coups de coude pour qu'elle cesse de glousser. Marc semble séduit par sa spontanéité.

**10. EXT. JOUR – ÉGLISE DE GUÉTHARY**

Après la cérémonie, Marc reçoit les condoléances en rang avec sa mère et sa famille.

ALICE, *s'approchant*

Vous chantez très bien le basque.

MARC

Merci, et vous, vous riez très fort. *(Il baisse les yeux sur son décolleté.)*

ALICE

Je suis Alice, la femme d'Antoine.

MARC

Antoine ?

ALICE, *souriante, montrant Antoine du doigt*

Antoine, votre cousin.

MARC, *se tournant vers son cousin, lui adressant un signe de la main*

Ah oui, Antoine ! *(A son cousin :)* Ça va ?

ANTOINE, *de loin*

Oui, enfin... Ma grand-mère est morte !

MARC, *idiot*

Oui, la mienne aussi.

ALICE, *reprenant*

Il aime beaucoup ce que vous faites. Moi aussi, je lis vos articles. Mais contrairement à lui, je suis rarement d'accord avec vous...

MARC

Oh, je suis souvent d'accord avec les gens qui ne sont pas d'accord avec moi !

ALICE

Ah ouais ? *(Voyant que Marc louche sur son décolleté :)* Oui, je sais, mon sein gauche est beaucoup plus gros que le droit. Mais c'est normal, avec les pulsations du cœur, forcément ça se dilate.

MARC, *gêné*
Oh, ça ne se voit pas du tout...

ALICE

C'est vrai ? C'est gentil ! *(Elle sourit et s'en va.)*

MARC, *en voix off*
J'étais une huître peinarde, dans son confort hermétiquement clos. Et voilà qu'Alice me cueillait, m'ouvrait la gueule et m'aspergeait de citron.

Alice quitte le parvis, au bras d'Antoine.

## 11. EXT. JOUR – MAISON FAMILIALE À GUÉTHARY

On donne un verre d'après-enterrement pour les proches et les amis de la défunte. Alice discute avec Jean-Georges.

ALICE

Alors, vous ne vous êtes pas présenté. Vous êtes un ami de la famille ?

JEAN-GEORGES

*(Montrant Marc du doigt :)* Je suis un pote à la tortue là-bas, celui qui a l'air constipé.

Marc leur sourit de loin. En voyant Alice draguée par Jean-Georges, il renverse une pyramide de coupes de champagne disposée sur la table à côté de lui. Jean-Georges soupire et va aider Marc à ramasser. Alice sourit.

JEAN-GEORGES, *à Marc*

Tu fais vraiment pitié hein ! *(Se retournant vers Alice qui rit en les regardant de loin :)* J'ai envie de la bricoler, pas toi ?

MARC

Elle rit trop fort. T'as entendu sa voix ?

JEAN-GEORGES

Qu'est-ce qu'elle a ?

MARC

Non, mais c'est le genre folle champê-
tre... Je suis fraîche, spontanée, prends-
moi dans le foin... Et puis elle a la peau
pulpeuse et moi je suis allergique aux
fruits.

JEAN-GEORGES*

Hmm, t'es vraiment amoureux toi !
On dirait un vendeur de chèvres.
T'inquiète, je vais en pilonner une
autre, c'est pas grave ! *(Il regarde des
petites cousines de Marc qui boivent).*

MARC, *suivant son regard*

C'est des enfants !

JEAN-GEORGES

Et alors ?

MARC, *blasé*

T'es un psychopathe !

JEAN-GEORGES, *visiblement flatté*

Merci...

### 12. EXT. JOUR – MAISON DE GUÉTHARY

Marc est assis sur un rocher, dans le jardin de la maison.

MARC, *à la caméra*

C'est alors que j'ai commis trois graves erreurs. Premièrement : j'ai mis Michel Legrand en marche dans mon iPod.

On entend « Windmills of your mind / Les Moulins de mon cœur ». Vue sur la mer et la prairie. Marc boit du champagne en regardant le paysage. Alice déambule.

MARC, *à la caméra*

57 ans de vie commune, putain... Ils y arrivaient, eux. Pourquoi nous, deux générations après, on n'y arrive plus ?

ALICE

C'est pas beau de voler le champagne.

MARC

Pardon ?

ALICE

Je disais que vous avez volé la bouteille
de champagne.

MARC

Ah... Ah oui ! Le...

ALICE

Est-ce que je peux en avoir un peu ?

MARC, *ramassant la bouteille et la servant en
tremblant*

Je m'entraîne pour quand j'aurai Par-
kinson.

ALICE, *riant*

Ah ! D'accord ! Vous écoutez quoi ?

MARC

Devinez ! *(Il lui met les écouteurs. Puis,
face à la caméra :)* Et voici ma deuxième
erreur.

ALICE

Mais je connais ça ! Michel Legrand, « Les Moulins de mon cœur ». C'est la bande originale de *L'Affaire Thomas Crown*.

MARC

Quelle année ?

ALICE, *retirant un écouteur*

Quoi ?

MARC

Quelle année ?

ALICE

68 ! (*Elle replace l'écouteur dans son oreille.*)

MARC, *épaté*

Waow !

Alice fredonne, puis chante fort et faux.

ALICE, *riant*

Excusez-moi ! Je suis très mauvaise en anglais !

MARC, *gêné, lui met la main sur la bouche*

Oui, ça s'entend ! Mais c'est ça qui est charmant...

ALICE, *retirant les écouteurs*

J'adore Michel Legrand. Je pleure à chaque fois que je vois *Peau d'âne*.

MARC

Vous aussi ? Tous mes copains se foutent de ma gueule quand je dis que je suis fan de *Peau d'âne*.

ALICE

Ah bon ? C'est bizarre ! *(Se retournant vers l'assemblée au loin, très fort :)* Hé, les gars ! Marc Marronnier chiale devant *Peau d'âne* !

MARC, *très gêné*

Non, chut, non, non, non ! *(Se retournant à son tour devant l'assemblée :)* Non, je pleure qu'au moment où on tue l'âne qui pond des pièces d'or !

ALICE

Moi je pleure au moment où la fée lui dit de ne pas coucher avec son père.

MARC, *souriant*

Ah oui, cette fée, elle est complètement enfermée dans son carcan ! C'est terriblement conformiste les fées...

Alice rit. Puis, regardant le paysage.

ALICE

C'est beau non ? On dirait un poster...

MARC

J'aime bien votre façon de parler de la nature...

Alice rit de nouveau, puis se levant avec la bouteille de champagne, elle se dirige vers la mer.

ALICE

J'ai envie de plonger dedans !

MARC, *la regardant*

Vous respectez rien, vous y allez, comme ça ! Vous êtes pleine de vie, c'est insupportable ! *(Il se lève et la suit.)*

Ils descendent sur le port, près de la mer. Il y a trois barques accostées, c'est ravissant.

ALICE

Vous voulez me piquer la bouteille, c'est ça ?


MARC

Ben évidemment !

Finalement, ils s'assoient dans une barque. Elle boit le champagne au goulot.

MARC, *lui montrant la jetée, plus loin, fait une déclaration d'amour « subliminale » :*

C'est ici que j'ai appris à nager quand j'avais sept ans, avec M. Rimbourd. T'en vas pas. J'ai sauté de cette digue pour obtenir mon troisième triton, un exploit courageux. Je suis fou de toi. *(Indiquant plus loin :)* Et ensuite, j'ai mangé un beignet à l'abricot par là-bas, je crois... Le meilleur beignet à l'abricot de ma vie ! Qu'est-ce que vous en pensez ?


ALICE

Elle est où votre femme ?


MARC

Ma femme ?

ALICE

Je vous préviens, je déteste les men-
teurs !

MARC

Euh, j'ai pas insisté pour qu'elle vienne.
Enfin... la famille, c'est déjà assez compliqué quand c'est la sienne alors... Se
taper celle de son mari...

ALICE

Moi, j'aime beaucoup votre famille.
Vous étiez proche de votre grand-
mère ?

MARC

Ah oui ! Elle était géniale ! Par exemple, elle votait à gauche !

Alice rit.

MARC, *reprend*

Et puis, elle avait des lubies...

ALICE

Ah oui, lesquelles ?

MARC

Elle détestait les filles en tongs.

ALICE

Moi, j'en mets jamais parce que j'ai des
pieds immondes.

Une fillette passe avec une planche de surf.

LA FILLETTE

Vous êtes des amoureux ?

ALICE

On a l'air si idiot que ça ?

LA FILLETTE

Vous allez vous baigner ?

MARC

Ah non, elle est trop froide.

ALICE, *l'air renfrogné*

Chochotte !

Elle se lève et se dirige vers la mer, ôte sa robe
et plonge dans l'eau en sous-vêtements.

MARC, *levant les yeux au ciel*

Merci Seigneur ! *(Puis se retournant vers la fillette :)* Dis-moi, petit être, pourquoi tu as dit ça tout à l'heure ?

LA FILLETTE

Allô ? Tu crois qu'elle se serait déshabillée devant toi si elle s'en foutait ?

Marc opine de la tête.

MARC, *à la caméra*

Et voici ma troisième erreur : croire ce que disent les enfants.

**13. INT. JOUR – RETOUR A PARIS, DEVANT LA PORTE D'ENTRÉE DE MARC**

MARC, *à Alice*

C'est quoi le truc que tu voulais me dire ?

ALICE

Je voulais te demander d'arrêter de m'envoyer tous les jours ton adresse et ton digicode par texto. Je te rappelle que je suis mariée avec ton cousin quand même !

MARC, *riant à moitié*

Oui mais tu sais, moi je suis pas très
famille. *(Se ressaisissant :)* Et puis,
bon ! J'ai beau avoir très mal à la tête,
je suis encore capable de comprendre
que tu n'avais pas besoin de venir
jusqu'ici pour me dire ça, donc que
quelque part tu avais envie de me voir
mais que tu n'osais pas te l'avouer.

ALICE, *souriant*

Prétentieux !

MARC

Donc, ben allons prendre une douche,
ça va nous détendre !

Elle passe devant lui et découvre son appartement : Kleenex usagés sur le lit, vomi sur sa
couette et sa chemise... Bref : la honte.

ALICE

T'as déjà pris une douche dans ta vie ?

MARC

Oui, euh... comment va Peau d'âne ?

ALICE

Toujours pucelle.

MARC

Et tes pieds ?

ALICE

Toujours affreux !

MARC

Aïe ! *(Son pied lui fait mal.)* Et ben moi je... Je viens de renverser la télé sur le mien.

ALICE, *riant*

Ah bon ? Pour quoi faire ?

MARC

Parce que j'aime pas les winners. Surtout quand ils se tapent ma pension alimentaire ! *(S'asseyant, il tente de détourner Alice de son lit répugnant :)* Non, non, regarde pas là, d'ailleurs c'est pas vraiment chez moi. Tu peux m'aider à enlever ma chaussure s'il te plaît ?

ALICE

Oui. (*Elle s'agenouille devant lui et tente de lui retirer sa chaussure.*)

MARC

Aaaaaaah !

ALICE

Qu'est-ce qui se passe ? Attends, là, on dirait qu'il y a quelque chose de cassé là...

Marc crie à nouveau.

ALICE

Ah, oui ! Il faut que je t'emmène aux urgences. Je suis désolée, je ne peux pas t'amputer ici parce que, étant donné l'hygiène de ton antre, je crois que tu risques une diphtérie aiguë là...

MARC, *la regardant, inquiet*

Ah bon ?

### 14. EXT. JOUR – VOITURE D'ALICE – À TRAVERS PARIS

Alice conduit (n'importe comment) une jolie coccinelle cabriolet, très chic.

MARC, *cramponné, tétanisé par la conduite sportive d'Alice*

Attention, c'est rouge !!! Qu'est-ce que tu n'aimes pas dans la vie ?

ALICE

Tu vas poireauter aux urgences, autant ne pas perdre de temps dans le trafic.

MARC

C'est très gentil à toi mais j'ai peur de me sentir mal, j'ai beaucoup bu hier soir !

ALICE, *lui jetant un coup d'œil en coin et se marrant*

Ah bon ? T'as pas déjà tout dégueulé sur ta chemise ?

MARC

J'ai de la réserve. (*Il a l'air malade. Pour changer de sujet :*) Elle est jolie ta voiture...

ALICE

Elle est mignonne, hein ? En plus, j'ai plein de place à l'arrière alors je peux

230

mettre tous mes appareils, mes objectifs...

MARC, *lui prenant le volant des mains*
Oui mais là ! Là !

Ils évitent de justesse une camionnette. Elle rit.

ALICE
Ah, t'as peur en voiture, t'es drôle !

MARC
Non, je suis pas drôle, j'ai vraiment peur de me sentir très mal là...

ALICE
Non, mais sérieusement ?

MARC
Ouais !

ALICE
Sérieusement ? Non mais, là excuse-moi, je t'interdis de vomir dans ma voiture ! Si tu veux vomir, tu m'arrêtes, parce que je suis vomiphobe, d'accord ?

Entendant ces mots, Marc vomit directement dans la boîte à gants. Alice crie. Elle arrête la voiture, ils ouvrent chacun leur portière et vomissent en chœur. Un pur moment de romantisme stomacal.

## 15. INT. JOUR – HÔPITAL – ENTRÉE DES URGENCES

Alice soutient Marc qui boite. Elle hèle un docteur péniblement.

ALICE

Docteur, cet homme a shooté dans sa télé puis vomi dans ma boîte à gants. *(Puis, s'emparant du pied de Marc :)* Alors, je pense qu'il a quelque chose de cassé, parce que quand je fais ça, il crie, quand je fais ça, il a mal... *(Marc crie à chaque mouvement.)*

LE DOCTEUR

Ah oui ? Et par là ? *(Il tourne à nouveau le pied de Marc dans l'autre sens.)*

Marc souffre, il hurle.

LE DOCTEUR, *prenant la main d'Alice*
Et vous, vous avez mal où ?

232

ALICE

Nulle part.

LE DOCTEUR, *à Alice*

Posez-le.

Marc hurle de douleur.

LE DOCTEUR, *à Marc*

Vous vous en servez beaucoup, de ce pied-là ?

MARC

Ben, une fois sur deux.

LE DOCTEUR, *s'adressant à Alice et lui prenant la main*

Bon, on va faire une petite radio. Vous n'avez besoin de rien ?

ALICE, *le regardant prendre sa main, surprise*

Non, je vous remercie.

LE DOCTEUR, *à Marc*

Pour une petite radio, ça peut être un peu long...

MARC

Mais, je vais remarcher ?

LE DOCTEUR

Ben, ça dépend... *(Il s'en va.)*

ALICE, *se penchant vers Marc*

Bon, désolée, faut que je passe à l'agence voir des planches. *(Elle s'apprête à l'embrasser pour lui dire au revoir mais s'arrête, à cause de l'odeur...)* Non, on va éviter...

Elle se recule, Marc lui attrape le bras.

MARC

Alice ! Pars, pars, et n'essaie pas de t'accrocher à moi ! Et efface définitivement cet épisode de ta mémoire.

ALICE

Impossible. Désormais ton nouveau nom indien sera pour toujours « Celui qui pue du vomi ».

Il la lâche. Elle s'éloigne.

MARC

Alice !

ALICE, *se retournant*

Quoi ?

MARC

Je ne comprends pas comment tu as pu
obtenir ton permis de conduire.

ALICE, *riant*

C'est la dernière fois qu'on se voit
Marc !

MARC

Donc c'est moi qui te rappelle !

Elle sort.

## 16. INT. NUIT – APPARTEMENT DE MARC

MARC, *à la caméra*

Au XXI<sup>e</sup> siècle, l'amour est un sms sans
réponse.

EN SURIMPRESSION : « Chère Alice, je sais que tu
ne veux pas que je t'écrive et je comprends que
tu ne veuilles plus jamais me revoir, surtout
après l'ignoble épisode du vomi collectif, mais

je tenais juste à te dire que je ne cesse de penser
à toi et que ça m'est égal de ne jamais voir tes
pieds. »
Il se ravise et efface tout ce qu'il a écrit depuis
« Chère Alice ». Puis écrit : « Chère Alice, ça
va ? » et envoie le texto.

MARC, *à la caméra, puis en voix off*

Les textos sont une forme de torture
très raffinée. Un jour sans réponse, on
croit à une stratégie. Deux jours sans
réponse, on se vexe. Trois jours sans
réponse, on tombe amoureux. Alice
m'a laissé huit jours sans réponse.

**17. INT. NUIT – MARC MONTE DES ESCALIERS ET
ARRIVE CHEZ PIERRE ET KATHY**

Pierre ouvre la porte, Marc entre, tout de noir
vêtu. Pierre s'apprête à lui faire la bise.

MARC

Non, non, on arrête les bisous entre
hommes.

Pierre l'aide à marcher vers le salon et à s'asseoir
dans un fauteuil.

### PIERRE

C'est quoi cette tenue gothique ? Tu dînes avec Amélie Nothomb ?

### MARC

Je suis en deuil de moi-même. Sers-moi un verre de Destop s'il te plaît.

### KATHY, *entrant*

Hi sweety ! *(Elle se penche pour l'embrasser.)*

### MARC, *s'asseyant, à Kathy*

Hi ! *(Puis, à Pierre :)* Elle est en boucle depuis l'autre soir, elle !

### PIERRE, *tendant un verre de vin à Marc*

Oui mais, finalement, j'aime bien l'anglais, c'est assez excitant. *(Il s'assied sur les genoux de Kathy).*

### KATHY

Marc, you look like shit !

### MARC, *à Pierre*

Traduis : « Je suis la personne la plus triste que j'aie jamais rencontrée. A

237

part peut-être une casserole de lait qui déborde. »

PIERRE

He's not very well. He feels like euh...

MARC

A « casserole ».

PIERRE, *à Kathy*

A « casserole »... of milk.

KATHY

Huh huh, I get the picture !

MARC

Are you sure ? J'aime quelqu'un qui est avec quelqu'un et qui s'en fout de moi. A part ça, I feel great !

KATHY

Ah, it's too bad ! But, huh… *(Prenant le bras de Pierre et l'agitant comme la marionnette d'un ventriloque :)* We have something to announce to you !

MARC

Vous êtes allés voir un spectacle de Tatayé hier ?

PIERRE, *solennel*

Je sais pas si c'est le bon moment, mais... Voilà : Kathy et moi, on va se marier !

Kathy continue d'agiter le bras de Pierre en fredonnant l'air de la marche nuptiale : Pom pom popom !

MARC

C'est quoi comme drogue que vous prenez là ? Vous devriez quand même aller faire un tour au Palais de justice, you know, to have a picture. Pom pom popom ! Divorced !

KATHY

No, no, no ! We are sure, sure, sure !

PIERRE, *ému*

Bon, et puis y a aussi un truc important, voilà Marc je... j'aimerais que tu sois mon témoin.

MARC

*(Il rit nerveusement)*. Réunion de crise.
Tout de suite. Dans la salle de bains.

## 18. INT. JOUR – APPARTEMENT DE PIERRE ET KATHY – DANS LA SALLE DE BAINS

Marc ouvre un robinet et laisse couler l'eau.

PIERRE

Qu'est-ce que tu fais ?

MARC

Dans les pays des l'Est, c'est une
méthode. Les oreilles qui traînent, tout
ça, on ne sait jamais... Écoute, si tu
veux que je sois ton témoin, très bien !
Mais laisse-moi te poser une question,
une question très simple : pourquoi tu
veux épouser Kathy, toi, le grand spé-
cialiste français du libertinage ?

PIERRE

Mais la réponse est encore plus simple,
Marc : parce que je l'aime !

MARC

Aïe ! *(Son pied le fait s'asseoir sur le
bord de la baignoire à côté de Pierre :)*

Et tu trouves que c'est une raison suf-
fisante ?

### PIERRE

Mais on est différents, Marc ! Toi tu
veux juste conquérir et après tu
t'emmerdes ! Moi, à chaque fois que
Kathy est à côté de moi, je suis heureux.

### MARC

Mais si tu es heureux, pourquoi tu veux
l'épouser ? Regarde-moi : je suis divorcé et je suis amoureux d'une femme
mariée ! Le mariage, ça ne sert qu'à mettre les gens dans la merde !

### PIERRE

Euh... écoute, quand je serai avec elle,
je pourrai dire : « Kathy, ma femme. »
Et elle, elle pourra dire : « Voici Pierre,
mon mari. » Tu vois, c'est tout con
mais je serai fier.

### MARC

Ah oui, c'est très con, oui ! C'est quoi
cette envie de pronoms personnels :
« Ma femme ! », « Mon mari ! »,
« Mon chien ! »

### PIERRE

Chut ! Pourquoi tu t'énerves ? J'te dis
que je suis heureux et toi tu
m'engueules !

### MARC

Pardon... T'as beaucoup de chance...

Pierre souffle.

### MARC

Non mais en tant que témoin, il était
de mon devoir de t'avertir d'une chose,
Pierre : l'amour diminue avec le temps.

### PIERRE, *secouant la tête*

Alors Marc, en tant qu'ami, il est de
mon devoir de te dire que l'amour
grandit avec le temps !

### MARC

Mais nooooooooooon !

### PIERRE

Si ! Tiens *(il se lève et va chercher un
livre sur une étagère)*, lis ça.

MARC, *lisant à voix haute*

« L'amour ne s'altère pas en heures ou
en semaines
mais survit jusqu'à la pointe de la fin
des temps.
Et si ceci est faux et qu'on me le prouve,
Je n'ai jamais écrit, et personne n'a
jamais aimé. »
Quel est le con qui a écrit ça ?

Pendant que Marc lit, Pierre marmonne le texte
qu'il connaît par cœur.

PIERRE

William Shakespeare.

MARC, *penaud*

Ah, OK. Oui, quand même, enfin, y a
un style...

PIERRE

Alors ?

MARC

Ben évidemment, je suis d'accord !

Pierre a les larmes aux yeux, Marc serre très fort
Pierre dans ses bras. Kathy interrompt ces effu-
sions en ouvrant la porte.

KATHY, *effrayée*

Oh, my god ! My fiancé is SO gay !

MARC

Elle est à la rue, elle !

Pierre sourit.

**19. INT. JOUR – HÔTEL AMOUR – BAR**

Marc est assis à une table au restaurant de l'hôtel Amour. On voit le néon fluo « AMOUR » qui clignote au-dessus de sa tête.

MARC, *à la caméra*

L'avantage quand une fille arrive en retard à un premier rendez-vous, c'est qu'on a le temps d'imaginer son entrée, sa démarche, sa silhouette. Il y a l'arrivée romantique :

Alice entre, elle se dirige d'un pas pressé vers Marc, qui se lève.

MARC, *après un temps d'hésitation, comme quelqu'un qui se jette à l'eau*

Je vais te dire quelque chose. Là, on en est encore au moment où l'on peut NE PAS tomber amoureux. Il y a encore une fraction de seconde où nous pouvons revenir en arrière, mais à un moment donné il sera trop tard...

ALICE

Pour moi, il est déjà trop tard. J'ai envie de toi. J'ai envie que tu me manques de respect, que tu me souilles. J'ai envie que tu me fourvoies.

MARC, *à la caméra, satisfait*

J'aime beaucoup l'arrivée romantique ! Il y a aussi l'arrivée « amnésique ».

Nouvelle entrée d'Alice.

ALICE, *plissant les yeux*

Bonjour ! Excusez-moi, vous êtes... ?

MARC

Euh, Marc Marronnier ! Euh... Guéthary ?

ALICE, *secouant la tête*

Ah, non, je suis désolée...

MARC, *à la caméra, dépité*

Il y a l'arrivée « agressive » aussi.

Nouvelle entrée d'Alice.

MARC

Que ce soit bien clair entre nous : je n'attends pas l'orgasme de l'autre pour arriver au mien.

ALICE

Moi non plus. Et je te préviens : je prends pas la pilule, et si je tombe enceinte, je le garde !

MARC

Même pas mal ! *(À la caméra :)* Parfois, c'est plus simple d'aller directement à « l'attaque physique ».

Nouvelle entrée d'Alice.
Marc jette sur son chemisier une tasse de café bouillant. Elle crie, et lui aussi. Elle est obligée de retirer son chemisier taché. Elle se retrouve en soutien-gorge.

MARC, *relevant la tête, à la caméra*

Terriblement efficace ! Et puis enfin, il
y a la VRAIE entrée.

Nouvelle entrée d'Alice, cette fois habillée dif-
féremment. Elle bouscule une pile de verres avec
son sac en passant près de la table du buffet
(comme Marc à Guéthary). Ils tombent bruyam-
ment. Alice regarde autour d'elle, gênée. Marc
sourit.

ALICE

Premier rencart à l'hôtel Amour, y
aurait-il un message subliminal ?

MARC, *ironique*

Pas du tout. Tu es une femme, je suis
un homme, nous sommes tous les deux
hétérosexuels, et tu m'imagines avoir
des arrière-pensées ?

ALICE

C'est drôle parce qu'à l'heure du déjeuner, il n'y a que des couples illégitimes
dans les restaurants, tu as remarqué ?

MARC

Tiens, c'est pas mal ça : « Les époux dînent, les amants déjeunent. »

ALICE

Et les dragueurs rament.

MARC, *vexé*

Ça sonne moins bien, ça. *(A la serveuse :)* Deux verres de vin blanc, s'il vous plaît mademoiselle.

ALICE

Non moi je vais prendre un thé, s'il vous plaît, merci.

Alice pousse un profond soupir, sourit nerveusement. Marc fixe sur elle un regard insistant.

ALICE

Je sais pas si ce rendez-vous était une bonne idée.

MARC

Tu me trouves moche en fait, c'est ça ?

### ALICE

Moche, non, mais original. Différent.

### MARC

Oui, enfin, le mec un peu froid... Parce que je peux être très indifférent, d'ailleurs c'est mon problème... *(Il bafouille :)* J'en ai assez, toi tu viens d'arriver, moi j'ai imaginé trois entrées différentes...

### ALICE

Ah oui ? Lesquelles ?

### MARC

Le truc amnésique, le truc où on s'engueule, un autre où je te disais tout de suite que j'étais amoureux de toi... Et puis après j'ai arrêté ! Après, t'es arrivée et j'étais gêné, et maintenant c'est difficile parce que moi je sais pas comment rattraper le truc parce que nous sommes dans un rapport de séduction, forcément ! Alors que c'est pas ce que je voulais...

ALICE

Non, pas du tout, pas du tout !
Attends, on a vomi ensemble, c'était
tellement ignoble qu'il n'y a plus de
séduction possible, mais c'est génial !
ENFIN je peux voir un homme qui ne
soit pas un ex ou un futur ! Tu seras
mon seul ami du sexe masculin, enfin...
si tu veux bien ?

MARC, *très déçu*

Comme un gay, mais hétéro.

ALICE

Ah, toi aussi tu crois que l'amitié entre
hommes et femmes est impossible ?

MARC

Évidemment, je ne crois qu'aux choses
qui existent. L'amitié homme-femme,
c'est comme l'énergie éolienne, on en
parle, mais ça n'existe pas.

ALICE

Bon ben c'est plus la peine qu'on se
voie alors...

MARC

D'accord ! *(Il saisit son portable :)*
D'ailleurs, je vais effacer ton numéro.


ALICE

Ah ben moi aussi. *(Se baissant pour
prendre son sac :)* Enfin, je le ferai chez
moi. Salut !


Elle se lève et sort. Marc la regarde partir en
récitant par cœur son numéro dans sa tête : 06
27 88 56 57...


**20. INT. SOIR – IMMEUBLE DE MARC – HALL D'ENTRÉE**

Marc rentre chez lui. Il ouvre une enveloppe des
éditions Gallimard et lit.


VOIX OFF

« Monsieur, le comité de lecture des
éditions Gallimard, au grand complet
et à l'unanimité, vous prie de ne plus
l'importuner avec des textes de cette
médiocrité. »


**21. EXT. JOUR – PLACE NOTRE-DAME-DES-VICTOIRES**

Assis sur un banc, place Notre-Dame-des-
Victoires. Jean-Georges, Pierre et Marc regar-

dent toutes les filles qui passent en essayant de deviner la façon dont elles sont épilées.

MARC

Celle-là, épilation totale.

JEAN-GEORGES

Celle-là, buisson.

PIERRE

Avec les mauvaises herbes ! Celle-là : tondue ce matin même.

MARC

Ça c'est le Marais poitevin, avec le bouillon de culture !

JEAN-GEORGES

Ici, à droite la mère : jardin à la française, la fille : abricot.

MARC

Pas sûr, la fille est peut-être déjà tout en pelouse, *green* de golf.

JEAN-GEORGES

Abricot j'te dis ! Et elle, là-bas ?

Un homme aux cheveux longs passe devant eux.

MARC

Jean-Georges, cette personne est un homme.

JEAN-GEORGES

Ben quoi ? Les hommes aussi se rasent la chatte. Pas vous ?

PIERRE

Et celle-là ? *(Il montre une femme en robe noire, l'air sévère.)* Bien taillée au laser, triangle isocèle, avec l'hypoténuse.

MARC ET JEAN-GEORGES

Ben dis donc ! T'as l'air de t'y connaître, toi !

PIERRE

C'est curieux, pour toutes les espèces d'animaux la saison du rut dure deux mois, et chez nous les humains, ça dure toute l'année.

#### MARC

Surtout chez Jean-Georges.

#### PIERRE

Moi j'aimerais bien que ça ne dure que de janvier à mars, comme les chiens... Le reste de l'année, je ne ferais que manger et dormir. *(Sur le ton de la confession :)* J'en peux plus les mecs, tous les soirs, je passe à la cassolette.

Jean-Georges et Marc se regardent, hilares.

#### JEAN-GEORGES, *à Pierre*

Pierre, t'inquiète pas : avec le mariage, ça ne va pas durer. *(A Marc :)* Alors, c'était comment avec Alice ?

#### MARC

Une catastrophe : elle veut être mon amie !

#### PIERRE

Qu'est-ce qu'il y a de catastrophique ? Moi aussi je suis ton ami.

MARC, *à Pierre*

L'amitié, c'est comme l'amour sans le sexe.

JEAN-GEORGES

C'est-à-dire qu'on enlève le seul truc intéressant.

Marc et Jean-Georges se regardent et approuvent sérieusement.

JEAN-GEORGES

L'important c'est que tu ne la rappelles jamais.

**22. INT. JOUR – APPARTEMENT DE MARC**

MARC, *au téléphone*

Allô Alice ?...

22B – Alice, dans son bureau.

ALICE, *occupée à trier des photos*

Oui ?

MARC, *faussement détaché*

C'est Marc. Je pensais à toi... en tant qu'ami...

Alice parle à son directeur de casting.

ALICE, *s'adressant à son directeur de casting*

On garde Mario, Peter, Jimmy et, les autres c'est pas la peine, OK ?


MARC, *un peu décontenancé*

Tu as vu ce temps dehors ? Si on allait se balader ?


ALICE

J'ai un shooting place Dauphine, pour *Vogue Hommes*, tu peux toujours passer... mais je serai très occupée.


MARC

Ah ? J'aime beaucoup cet endroit. Tu sais qu'André Breton a dit que c'était le sexe de Paris. *(Il grimace en s'apercevant de sa lourdeur.)*


ALICE

Ah ? Parce que c'est en forme de triangle, en plein milieu de la Seine, avec des buissons ?... Mais ça reste quand même une promenade amicale ?


MARC

Ben sûr ! Tu me connais...

ALICE

Cool ! A tout à l'heure alors !

Ils raccrochent. Marc, qui était visiblement en train d'écrire un article, son ordinateur portable sur les genoux, reprend alors son article, efface le mot « PIRE » dans « MARC LEVY : PROBA-BLEMENT LE PIRE ROMAN DE L'ANNÉE », et tape à la place « MEILLEUR ».

**23. EXT. JOUR – PLACE DAUPHINE**

Au milieu de la place, Alice shoote des manne-quins canons à la façon d'une publicité pour un parfum de luxe. Une fille sublime est entourée de quatre bellâtres en smoking.

ALICE, *donnant des instructions au top model*
Jessica, t'es sublime, regarde-moi ?
Non, ne me regarde plus. Souris ? Non
ne souris plus jamais. T'es une sculp-
ture, t'es une pute, t'es une œuvre
d'art ! T'es une salope haut de gamme.

Alice shoote la mannequine qui embrasse les garçons. Elle montre à l'un d'eux comment embrasser la fille.

ALICE

Tu dois lui manger la bouche, tu vois ?
N'hésite pas à y aller carrément comme
ça. (*Elle lui montre comment on
embrasse en tirant la langue.*) Faut que
ça soit chaud. T'as envie ou pas ? Are
you gay ? Non ? (*Elle touche la bra-
guette des garçons.*) Ah, là c'est bien,
voilà, on est motivés !

Marc arrive, il se sent un peu en trop.

MARC, *souriant jaune*

Ils ont l'air sympa tes collègues de
bureau.

ALICE, *très pro*

Ah ben voilà ! Jessica, regarde ! You
kiss him like this.

Elle embrasse brusquement Marc, au début c'est
purement technique, puis un peu magnétique...

ALICE, *émoustillée, faisant semblant d'être cool*

Alors voilà !... You understand, Jessica ?

MARC

Je ne suis pas sûr qu'ils aient très bien
compris comment il faut faire... Hey,
Jessica, you understand ?

Ils s'embrassent plus chaudement cette fois.
Marc est ébouriffé, Alice aussi.

### 24. INT. JOUR – APPARTEMENT DE MARC – SALON

Marc et Alice ont la bouche ouverte, sont
allongés sur le lit, essoufflés, en sueur, vague-
ment enveloppés dans un dessus-de-lit. Marc
caresse amoureusement Alice...

MARC

Tu sais, quand je t'ai insultée tout à
l'heure, je ne le pensais pas... C'était
contextuel... Ça t'embête pas si on le
refait ?

ALICE

Je sais pas...

MARC

Quand je suis avec toi, la vie a un goût
de goyave. Ou de papaye, j'ai toujours
confondu. C'est quoi exactement la différence ?

ALICE

Je sais pas...

MARC

C'est la première fois qu'on fait
l'amour, et pourtant c'est comme si...
Tu ne trouves pas ?

ALICE

Je sais pas...

MARC

Tu vas quitter ton mec ?

ALICE

Je sais pas...

MARC

Tu as envie qu'on reste amants ?

ALICE

Je sais pas...

MARC

Tu veux qu'on continue à se voir ?

ALICE

Je sais pas...

MARC

Pourquoi tu dis toujours « je sais pas » ?

ALICE

Je sais pas.

MARC, *craque*

QUITTE-LE ! QUITTE-LE !

ALICE

Non !

MARC

Pourquoi ?

ALICE

Parce que le jour où je serai disponible je ne t'intéresserai plus ! Tu sais très bien que j'ai raison.

MARC

Je sais pas !

Ils se font un peu la gueule.

## 25. INT. JOUR – IMMEUBLE DE MARC – HALL D'ENTRÉE

Marc, devant sa boîte aux lettres, ouvre une enveloppe et lit.

VOIX OFF DE TERESA CREMISI

« Monsieur, le comité de lecture des éditions Flammarion, au grand complet et à l'unanimité, vous suggère de renoncer définitivement à toute velléité d'écriture. »

Il ouvre une seconde enveloppe :

AUTRE VOIX OFF MASCULINE

« Monsieur, suite à l'envoi de votre manuscrit, pouvez-vous contacter très rapidement Francesca Vernisi aux éditions Grasset ? »

## 26. INT. JOUR – MARC ARRIVANT EN COURANT À L'ACCUEIL DES ÉDITIONS GRASSET

Marc, décoiffé, essoufflé, entre en trombe dans le hall. A la réception, une femme élégante.

MARC

Bonjour, j'ai rendez-vous avec Mme Vernisi.

LA FEMME DE L'ACCUEIL

Oui ? Et vous êtes ?

MARC

En retard ! (*Voyant que ça ne fait pas rire la femme :*) Marc Marronnier...

LA FEMME, *se levant, lui tendant la main*

Francesca Vernisi, enchantée... Oui, notre réceptionniste a la tourista.

### 27. INT. JOUR – BUREAU DE L'ÉDITRICE

Francesca s'assied derrière son bureau. Marc face à elle. On dirait qu'il s'est préparé à cet instant toute sa vie.

FRANCESCA VERNISI

Vous avez un rapport avec Marc Marronnier le critique ?

MARC

Oui, je vous prie de m'excuser pour toutes les horreurs que j'ai écrites sur certains de vos auteurs...

FRANCESCA VERNISI, *très pète-sec*

Oh ! c'est normal ça. Il fallait bien vous faire remarquer ailleurs que sur les dance-floors. *(Sortant le manuscrit de son tiroir.)* Alors j'ai lu votre manuscrit. *L'amour dure trois ans*, j'adore, le titre est bien con. Bon, j'ai mis un peu de temps à rentrer dedans, mais bizarrement y'a un petit ton, je suis pas sûre que ce soit exprès. *(Marc s'enfonce dans son fauteuil.)* C'est vrai qu'on en reçoit beaucoup des petits romans de têtes à claques comme ça, mais là dans l'ensemble ça se tient. On voit bien que la forme n'est pas votre priorité, mais c'est ça qui est vivant. C'est un poil prétentieux mais j'aime bien. Faut un peu muscler le deuxième tiers, mais je veux le publier pour la rentrée. C'est toujours bien d'avoir un premier roman, on a des quotas à remplir !

MARC, *effondré*

Vous n'êtes pas obligée...

Il prend un verre d'eau sur le bureau.

FRANCESCA VERNISI

Non, ça c'est mon verre d'eau, on repose, merci ! Comme à-valoir, vous voulez combien ?

264

MARC, *après réflexion*

60 000 euros ?

FRANCESCA VERNISI

Bon, on verra plus tard pour l'argent.
Mais la réponse sera non. *(Elle se tait,
ses yeux plantés dans ceux de Marc.)*
Moi je pense qu'il faut changer votre
nom.

MARC

Personne ne me connaît à part trente
confrères.

FRANCESCA VERNISI

Oui, mais ce sont les trente critiques
qui comptent. Et ils vont descendre
votre livre. Alors, comment vou-
lez-vous vous appeler ?

Marc réfléchit.

**27B** – FANTASME DE MARC

Un film russe avec du grain contrasté, en noir
et blanc, un soldat de l'armée Rouge est en train
de mourir dans les bras d'un compagnon
d'armes. En russe, sous-titré.

LE PREMIER SOLDAT

Lénine ! Laisse-moi mourir ici, l'ami.

LE SECOND SOLDAT

Tu vois Lénine ? Ça veut dire que tu
vas mourir, tu vas au paradis des com-
munistes. Quel est ton nom que je pré-
vienne ta famille ?

LE PREMIER SOLDAT, *expirant*

Belvedere, Feodor Belvedere.

**27C** – RETOUR AU RÉEL – BUREAU DE L'ÉDITRICE

FRANCESCA VERNISI

Mouais. Et vous l'épelez comment ?

A L'ÉCRAN S'AFFICHE UN NOUVEAU TITRE :

# ACTE II

## FUIR LE BONHEUR DE PEUR QU'IL NE SE SAUVE

### 28. INT. SOIR – APPARTEMENT DE PIERRE ET KATHY – SALON

Marc est installé sur un canapé. Pierre, pas peu fier, fait une démonstration de son installation home cinéma toute neuve.

PIERRE

T'es contre le mariage ? Je te comprends pas ! Regarde les cadeaux qu'on a reçus ! Canapé, télé... Et regarde-le, lui, s'il est pas beau ! Cette façon de fermer la porte !

Sur l'écran passe *Les Liaisons dangereuses* de Vadim.

Gérard Philipe, Valmont ! *(Ses lèvres récitent les dialogues par cœur.)* Dialogues de Roger Vailland, *Les Liaisons dangereuses* ! *(Il reprend le dialogue :)* « De vivre à quelques centaines de mètres de chez vous, et de ne plus jamais vous revoir, m'est insupportable ». *(Marc pouffe.)* Et regarde la beauté de ce visage ! Annette Vadim, 20 ans ! Cette pureté qui ne demande qu'à être souillée !

MARC

Qu'est-ce qu'elle est belle ! Elle me donne envie de sauver des bébés phoques, moi, cette femme !

Jean-Georges arrive.

JEAN-GEORGES

J'ai loupé la scène de cul ?

PIERRE

Ben, tu crois pas si bien dire ! Dans les années 1960, c'était considéré comme un film de cul, ça ! *(A Marc :)* Alors ça y est, tu vas être publié ?

MARC

Malheureusement oui. Alice n'est pas
au courant... Bon, c'est sous pseudo-
nyme...

JEAN-GEORGES, *l'embrassant un peu trop*
Oh, comme je suis fier de toi !

MARC

Bon ça va, ça va !

Pierre est un peu interloqué.

MARC, *reprenant*
On part ensemble le week-end prochain.

PIERRE

Et tu vas lui dire alors, pour le livre ?

MARC

Ah non, non ! Si je lui dis, elle va me
prendre pour un gros connard misogyne et elle va me quitter.

PIERRE

Oui, mais si tu lui dis pas, un jour elle
va le découvrir. Et là, elle va te prendre

non seulement pour un un gros
connard misogyne, MAIS SURTOUT
pour un menteur. Et ça, c'est ce qu'il
y a de PIRE pour une femme !

JEAN-GEORGES, *hochant la tête en souriant*
Oui. Et elle te larguera comme une
grosse merde.

Marc est horrifié.

### 29. EXT. JOUR – GUÉTHARY

Un train entre en gare de Guéthary.

### 30. INT. JOUR – CHAMBRE D'HÔTEL

MARC, *en voix off*
Bon, euh... c'est très beau le Pays basque, mais pour être franc, on a vu surtout ce qui pouvait se voir de notre
chambre.

Images superbes de la côte basque entrecoupées
d'images du couple en train de copuler.

MARC, *en voix off*
Ça par exemple on l'a pas vu, ça non
plus, pas vu, pas vu, pas vu... Mais ça
oui, très bien vu, ça oui, ça non...

## 31. EXT. JOUR – SUR LA DIGUE DU PORT DE GUÉTHARY

Plan séquence du couple au steadycam. Marc et Alice se promènent en pèlerinage là où ils se sont rencontrés.

MARC, *en voix off*

Bon, on est quand même sortis une fois.

MARC, *à Alice*

Il faut que je te parle de quelque chose. C'est important.

ALICE

Attends, tu vas encore me demander de quitter mon mari ? On ne peut pas passer un joli week-end sans se prendre la tête ?

MARC

Non, je dois te dire autre chose. *(Il se ravise, trop énervé pour laisser passer ça.)* Non mais sans blaguer, t'es avec lui ou t'es avec moi ?

ALICE

Oh ! là, là ! Tu vas pas recommencer !

MARC

Il faut que tu choisisses : tu ne peux pas avoir le beurre et l'argent du beurre ! Quand est-ce que tu vas lui parler de nous ?

ALICE, *comprenant qu'il joue*
*à inverser les scènes de ménage habituelles*
*des maîtresses aux hommes mariés*

Oh mon amour, pourquoi tout gâcher ? On est bien là, non ? Profite de l'instant présent !

MARC

Ça ne peut pas continuer comme ça ! Moi je suis seulement là pour te combler sexuellement et après Madame rentre chez son petit mari épanouie ?

ALICE

Tu vas beaucoup trop vite ! Je te promets de lui parler, mais laisse-moi un peu de temps !

MARC, *redevenant sérieux*

Alice, j'ai 30 ans, j'ai envie de me poser, OK ? Excuse-moi mais les femmes

n'ont pas le monopole de l'horloge biologique !

ALICE

Bon, et à part ça qu'est-ce que tu
voulais me dire ?

MARC, *plongeant dans son téléphone portable*

Rien. Enfin, si. J'ai pris en photo tes
pieds, pendant que tu dormais. C'est
vrai qu'ils sont ridicules. On dirait des
petits beurres de Lu.

ALICE

Salaud !

Elle essaie de lui attraper son téléphone. Pour-
suite sur la digue de Guéthary.

MARC

OK, OK, je l'efface !

### 32. EXT. JOUR – BAR DE GUÉTHARY

Marc et Alice prennent l'apéro à l'Hétéroclito,
face à la mer. Derrière eux, sur la vitrine du bar,
une affiche de pub pour le livre *L'amour dure
trois ans*. Marc l'aperçoit.

MARC, *prenant son courage à deux mains*

Tu sais, ce livre...

ALICE

Oui, les filles de *Elle* en parlaient
l'autre jour, quelle ringardise ! Cette
espèce de pessimisme beauf ! En plus
« Feodor Belvedere » ! Pour qui il se
prend, ce mec ?

MARC, *de plus en plus flippé*

Tu l'as lu ?

ALICE

J'ai pas pu finir, c'est de la merde. Du
Cioran de supermarché. De toute façon
les Russes sont tous des machos.

MARC

Cioran était roumain. Non, moi ça ne
m'étonne pas que ce soit un Russe qui
écrive des trucs lyriques comme ça. Et
puis bon, c'est vrai qu'il y a une étape
à franchir au bout de trois ans.

ALICE

Ah non, hein ! Tu ne vas pas me dire
que tu crois en ces théories d'adoles-

cent attardé bobo à la con ! Le débile
qui a écrit ça confond désir et amour.

MARC, *tentant de se défendre*

Oui mais... C'est un bon sujet de livre...
On m'en a dit du bien, vraiment !

ALICE

Logorrhée de pauvre branleur immature, aucun intérêt.

Tête lâche de Marc.

MARC

T'as raison, ça doit être le genre de
connard qui doit être capable de faire
l'amour sans sentiments. On n'a pas un
train à 16 h 52 ?

## 33. EXT. JOUR – GUÉTHARY

On voit le train sortir de la gare de Guéthary.

## 34. INT. JOUR – APPARTEMENT D'ALICE ET ANTOINE

Antoine rentre à la maison, un bouquet de fleurs
à la main, et trouve Alice devant son ordinateur
en train de regarder Michel Legrand chanter « I
will wait for you ». La musique a couvert le bruit
de la clé dans la serrure. Elle pleure devant

l'écran. Antoine perd son sourire, il comprend qu'il y a un problème : Alice est en larmes. Il s'approche, la prend dans ses bras.

ANTOINE

Qu'est-ce qu'y va pas chouchou ? Ben, qu'est-ce qu'y t'arrive ?

ALICE

Je suis fatiguée... Pourquoi les fleurs ?

ANTOINE

Les fleurs, les fleurs ! En fait, ma secré-taire a calculé : mon amour, ma Lily, ça fait trois ans qu'on est ensemble, aujourd'hui !

Alice se lève, souriant timidement. Elle prend Antoine dans ses bras.

ANTOINE

Oh ! là, là ! Tu m'as pas l'air d'aller bien...

ALICE

Je suis contente...

Elle serre anormalement Antoine, comme une naufragée qui s'accroche à une bouée de sauvetage, et fond à nouveau en larmes. Tête préoccupée d'Antoine.

### 35. INT. JOUR – APPARTEMENT D'ANTOINE / APPARTEMENT DE MARC

Alice part, des déménageurs la précèdent avec des cartons. Antoine tente de la raisonner.

ANTOINE

Alice, Alice ! C'est n'importe quoi ! Ça va trop vite cette histoire, arrête ! Tu peux pas me faire ça ! On a fait l'amour partout ici, ici, ici ! Alice, regarde-moi s'il te plaît ! *(Elle se retourne.)* Arrête ! Tu vas pas me quitter pour Marc ! C'est le plus moche de mes cousins ! Physiquement, c'est incohérent, ça ne veut rien dire ! *(Elle secoue la tête, souffle.)* T'es folle !

ALICE

Je suis désolée ! *(Elle part.)*

Puis elle débarque avec le sourire chez Marc qui la serre dans ses bras. Les déménageurs qui la suivent avec ses cartons hallucinent.

Un orchestre sur une scène joue une chanson interprétée par une ravissante Chinoise avec sous-titres d'abord érotiques puis complètement décalés : « Les dirigeants du Parti veillent au développement industriel, etc. ».

Un groupe de Chinois danse une chorégraphie devant la scène. Marc et Alice font n'importe quoi, essaient de suivre, s'embrassent, rient. Le directeur du restaurant vient les voir calmement.

LE DIRECTEUR

Pardon monsieur-dame. Vous êtes très doués ! En quelques soirs ici, vous maîtriserez parfaitement notre danse !

MARC, *avec un sourire niais*

Merci monsieur ! Votre établissement est très chaleureux !

Le directeur reprend, en chinois (sous-titré).

LE DIRECTEUR, *en chinois*

Malheureusement vous devez partir maintenant ! Car les autres ont répété pendant des mois et vous dansez comme des merdes !

ALICE

Merci beaucoup monsieur, c'est très
gentil mais nous devons y aller ! Au
revoir !

### 37. EXT. NUIT – DANS LA RUE

Marc et Alice sortent du restaurant Chine Mas-
séna, ils marchent main dans la main.

ALICE, *reprenant la chorégraphie*

Comme ça, comme ça, comme ça...

MARC

Non ! (*Marc lui montre, il saute en
effectuant un demi-tour.*)

Elle rit. Ils marchent main dans la main. Ils sont
saouls.

ALICE

Il paraît qu'il y a des lapins porte Maillot.

MARC

Ah bon ?

ALICE

Ouais, c'est c'qu'on dit ! Mais j'ai jamais vérifié...

MARC

Ben... Allons vérifier !

ALICE

OK ! Mais j'ai très bu...

MARC

J'aime bien être ivre avec toi.

**37A** – Ils arrivent porte Maillot essoufflés. C'est l'aube. On voit l'Arc-de-Triomphe en arrière-plan.

MARC

Oh regarde ! Un lapin qui vole ! Ah non, c'est un pigeon... *(Au pigeon :)* On va pas te manger !

ALICE

Y a aucun lapin ?

MARC

Ben non, apparemment...

ALICE

On m'a menti ! Y a aucun lapin...

Ils s'allongent dans l'herbe.

MARC

J'oublierai jamais ce moment !

ALICE, *riant*

On dit ça quand les vacances sont
finies, en fin de colo...

MARC

Bon, J'oublierai PRESQUE jamais ce
moment...

ALICE

Moi, je l'oublierai toujours...

Marc se retourne pour l'embrasser.

MARC

J'te déteste !

ALICE

Tu me dégoûtes !

Ils s'embrassent.

MARC

Il est hors de question qu'on tombe amoureux.

ALICE

Entièrement d'accord !

MUSIQUE SYMPHONIQUE : La caméra s'élève, laissant voir des lapins blancs tout autour d'eux.

### 38. INT. JOUR – BUREAU DE L'ÉDITRICE

MARC, *s'asseyant*

On a dit que je resterai anonyme !

FRANCESCA VERNISI

Bonjour d'abord ! Ça se fait ! Bon alors, je ne sais pas pourquoi, ton livre fait un carton, tout le monde veut rencontrer l'auteur, et moi, j'en ai marre d'expliquer à tout le monde que tu es décédé. Nan, mais tu es quand même mon seul auteur vivant à vouloir être connu à titre posthume ! Je sais pas si tu... *(Elle se frappe le front.)*

MARC

Je ne veux pas me montrer !

## FRANCESCA VERNISI

Comment ça, tu veux pas ? Tu te prends pour les Daft Punk ?

## MARC

Non, mais... *(Soudain il claque des doigts.)* Émile Ajar, ç'a bien marché !

Elle le regarde, interloquée... comme si elle attendait qu'il finisse son raisonnement.

## MARC

Oui, oui, bon ! Je sais ce que tu vas dire : je ne suis pas Romain Gary !

## FRANCESCA VERSINI, *satisfaite*

Voilà !

## MARC

Non, mais écoute, attends encore un peu ! Ça va un peu trop vite pour moi, tout ça... Et puis, il y a une histoire derrière, c'est pas que... Enfin voilà... *(Elle se recule dans son fauteuil, lève les yeux au ciel, souffle.)* Je n'ai pas encore parlé du livre à ma petite amie, Alice. *(Elle semble excédée.)* Qu'est-ce qu'elle est belle ! Elle est tellement belle ! Bon, elle a les pieds... mais c'est un détail ! Quand on aime, on s'en fout, c'est tellement beau !

Francesca le regarde sans rien dire.

MARC, poursuivant

Et en fait, je viens de la convaincre de quitter son mec pour emménager avec moi ! Enfin, le truc...

FRANCESCA VERSINI, l'interrompant

Non mais qu'est-ce qu'on s'en fout de ta vie ! Tu sais, tu as raison : donc tu t'assois sur tes 300 000 euros de droits d'auteur ?

MARC

Je suis un poète maudit. Je suis au-dessus de toutes ces contingences matérielles, c'est pas... (*Elle hoche la tête en l'écoutant.*) Ah... Alice... (*Et subitement :*) Attends ! T'as dit combien ?

### 39. INT. JOUR – SEX SHOP

Marc et Jean-Georges dans un sex-shop branché. Passant devant le rayon vibromasseurs, Jean-Georges attrape un exemplaire du « cunnilingus à roulette », le met en marche et le place entre les mains de Marc.

JEAN-GEORGES

Mais regarde ce truc, y a combien de langues là-dessus ? Tu les comptes ? Aucun homme ne peut faire ça, on ne peut pas rivaliser, et en plus regarde... *(Il fait varier le rythme de l'appareil.)* Ça va forcément nous remplacer, ce truc !

MARC, *en essayant d'arrêter la machine, ne réussit qu'à la faire tourner plus vite*

C'est forcément une femme qui a mis ça au point pour nous nuire.

Une vendeuse arrive et place des objets sur une étagère derrière eux.

JEAN-GEORGES

Ah tiens ! Vous avez reçu des Tenga ?

LA VENDEUSE

Oui, mais en toute petite quantité hein ! Ça se vend super bien ! C'est tellement dur de les garder en boutique ! Vous connaissez ?

Jean-Georges hoche la tête.

JEAN-GEORGES

Ouais, ça évite les fleurs, les restos, les week-ends...

LA VENDEUSE

C'est génial !

Pendant que Jean-Georges s'entretient avec la vendeuse, Marc essaie un ball gag, un bâillon doté d'une boule qui se place dans la bouche.

LA VENDEUSE, à Marc

Ça vous va siiiiiii bien ! Ah, il faut vraiment le prendre, hein ? Vous voyez le Tenga en fait, c'est comme un sexe de femme en boîte.

JEAN-GEORGES

Ça, ça m'irait bien pour remplacer Kathy...

Marc sursaute.

MARC

HAHHII ? ? HHU HHEE DE HOHEUHAHO !

JEAN-GEORGES

Enlève-moi ça, je comprends rien à ce
que tu dis.

Marc retire son ball gag qui l'empêche de se
faire comprendre.

MARC

Kathy ?

Jean-Georges se rend compte qu'il a gaffé.

JEAN-GEORGES

Ah putain ! Ne le répète pas à Pierre,
hein ? Mais Kathy et moi... Il s'est passé
un petit truc. Mais bon, c'est fini maintenant.

Tête ahurie de Marc.

JEAN-GEORGES

Ben, c'est pas moi, c'est elle ! Elle s'est
mise à me parler en anglais, ça m'a
excité ! Mais t'inquiète pas, c'est pas
grave !

MARC

Si c'est très grave... que tu ne m'en aies
pas parlé ! *(Tenant entre ses mains un*

*gros sex toy :)* Tu crois que ça pourrait plaire à Alice ? Je crois que je suis amoureux.

## 40. INT. NUIT – APPARTEMENT DE MARC ET ALICE

Marc et Alice regardent la télé ensemble : le Grand Journal. Le présentateur aborde le buzz du moment, le « mystère Belvedere : qui donc est l'auteur de *L'amour dure trois ans* ? » Marc se jette sur la télécommande qui lui glisse des mains, mais il la rattrape pour changer de chaîne précipitamment.

## 41. INT. NUIT – CAFÉ DE FLORE

Marc, suivi par Francesca, tourbillonne au milieu des invités du Prix de Flore – jolies filles, jeunes écrivains, vieux éditeurs, attachées de presse, prostituées mondaines. L'ambiance est à la fête, dans l'attente de la décision du jury. Les flashes des photographes crépitent. Marc se penche vers Francesca, l'attrape par le bras.

MARC, *discrètement*
Si c'est moi, tu jures de ne rien dire !

FRANCESCA VERNISI
Je ne suis pas sûre que tu sois tout à fait la bonne personne pour m'apprendre à faire mon boulot.

MARC

Je me méfie parce que tu es éditrice.

FRANCESCA VERNISI

Oui, c'est bien ce que je dis.

Le silence se fait soudain : le jury du Prix
annonce que le lauréat n'est autre que Feodor
Belvedere pour son livre *L'amour dure trois ans*.
Le public applaudit. Francesca monte sur la
scène et prend le micro.

FRANCESCA VERNISI

Bonsoir, ce n'est pas moi, je suis l'éditrice de Feodor. Il a écrit un court message qu'il m'a chargé de vous lire : *(elle
sort un bout de papier)* « Merci infini-
ment, je suis extrêmement touché par
ce prix... d'autant plus que je ne suis
pas un vieux russe mort, mais un jeune
auteur présent dans cette salle, parmi
vous, ce soir. »

Brouhaha dans le public. Les gens se regardent
entre eux. Une femme engueule son mari :
« J'espère que c'est pas toi qui a écrit ça ! » Le
mari : « Bien sûr que non mon amour ! »

FRANCESCA VERNISI, *regardant Marc droit dans les yeux et souriant*

Merci pour lui... merci pour toi.

Tête furieuse de Marc. Les gens commencent à se retourner vers lui.

MARC

Hé mais pourquoi vous me regardez ?
Hé ho, c'est pas moi ! C'est pas moi !
C'est pas moi !

Il se précipite à travers la foule, cherchant une échappatoire, pendant que les gens rient et l'applaudissent. Il monte à l'étage s'enfermer dans les toilettes.

### 42. INT. NUIT – APPARTEMENT D'ALICE ET MARC

42A – Alice est en peignoir de bain, elle mange une banane en feuilletant un magazine. La télé est allumée.

42B – Dans le salon du Flore, la caméra repère Marc dans la foule et le suit en direction de l'escalier qui monte à l'étage.

LE JOURNALISTE, *à l'écran*

Double coup de théâtre dans le milieu littéraire. Nous sommes en direct du

Flore et nous apprenons à l'instant que Feodor Belvedere n'est autre que le chroniqueur mondain Marc Marronnier.

Alice, entendant le nom de Marc, s'interrompt et se dirige dans le salon. Dans le poste, la caméra gravit les dernières marches et entre dans les toilettes du Flore.
A l'écran, la caméra s'approche de lui comme il aborde les premières marches.

LE JOURNALISTE, *à l'écran*

Marc Marronnier avez-vous une déclaration à faire ?

MARC, *grimpant les marches quatre à quatre*

Non, non, vous vous trompez ! C'est pas moi. *(Il claque la porte des toilettes.)*

LE JOURNALISTE, *à l'écran*

Chers téléspectateurs, c'est une situation inédite, le lauréat du Prix de Flore s'est enfermé dans les toilettes... *(Le journaliste frappe à l'une des portes fermées à clef.)* Marc ? Marc ?

MARC, *derrière la porte*

OCCUPÉ ! C'est occupé ! Y'a quelqu'un et c'est pas moi !

Dans l'appartement, debout devant l'écran,
Alice est stupéfaite.

ALICE

Putain, le salaud ! Non mais je rêve !

### 43. INT NUIT – TOILETTES DU CAFÉ DE FLORE

FRANCESCA VERNISI

Marc... Marc... Ils sont tous partis, tu
peux sortir...

Marc entrouvre la porte, son visage apparaît. Il
examine les lieux.

MARC

Judas ! Pire que Judas : Judasse !
Judette ! Éditrice !

Son père entre dans les toilettes, accompagné de
sa jeune fiancée. Il félicite le lauréat :

LE PÈRE

Oh mon fils ! Tu sais que Yulya a adoré
ton bouquin ! (*Il la prend par les*

*épaules.)* Elle dit que c'est pas Tolstoï, mais ça lui plaît !

YULYA

C'est une bouquin sympa !

MARC

Ah ben, merci !...

LE PÈRE, *à Francesca*

Bravo ! Alors c'est vous qui avez acheté le jury ?

FRANCESCA VERNISI

Non, non, c'est gratuit !

LE PÈRE

Ça c'est fort ! Et alors, ça va lui rapporter combien en tout, ça ?

FRANCESCA VERNISI

Bah, ça dépend !

LE PÈRE

Formidable ! Enfin, y a quand même les impôts là-dessus, hein ? *(Regardant Yulya :)* On y va ? *(S'adressant à Marc :)* Allez, à tout à l'heure !

Le père et sa copine sortent.

FRANCESCA VERNISI, *éberluée*

Il est toujours comme ça ton père ?

MARC, *d'un ton las*

C'est pas mon père, c'est moi dans trente ans.

Il sort des toilettes, plantant Francesca devant la rangée de lavabos.

**44. EXT. NUIT – DEVANT LE CAFÉ DE FLORE**

Marc sort du café de Flore. Il reste sur le trottoir, un peu perdu. Le Flore est presque vide. La fête est finie. Trois jeunes filles guettent Marc à la sortie du Flore, l'interpellent pour lui dire : « On adore ce que vous faites ! » et lui demander un autographe.

**45. INT. NUIT – APPARTEMENT DE MARC ET ALICE**

Marc rentre chez lui, totalement défait et coupable. Alice a fouillé dans ses affaires et a trouvé le manuscrit. Elle fait ses valises.

MARC

Qu'est-ce qu'il y a ? On part en week-end ?

ALICE

Feodor Belvedere, c'est l'anagramme de « je suis un gros con » ?

MARC

C'est pas moi ! Je n'ai pas arrêté de le dire toute la soirée...

ALICE, *tendant le manuscrit, puis lui jetant les feuilles au visage*

Bravo ! Le livre le plus misogyne de l'année. L'auteur est donc le mec qui me supplie pendant des mois pour que je quitte mon mec ? Qui me dit qu'avec moi la vie a un goût d'ananas, c'est ça ?

MARC

De papaye.

ALICE

C'est ça, on parle bien du même. Soit tu mens à tes lecteurs et tu es un escroc, soit tu me mens à moi, et tu es un escroc. Dans les deux cas, on va en rester là, parce que j'ai besoin de plein de choses dans ma vie, mais pas d'un escroc.

MARC

Alice, écoute-moi, j'ai essayé de t'en parler, j'ai écrit ce livre avant de te rencontrer !

ALICE

Arrête de mentir, tu l'as écrit après ton divorce, et quand on s'est rencontrés t'étais encore marié.

MARC

C'est vrai, mais j'étais quelqu'un d'autre. Tu m'as changé.

ALICE

Eh bien tu vas encore changer. De nana. Ce que je déteste le plus c'est la mauvaise foi.

Elle prend sa valise et sort en claquant la porte. Marc rouvre la porte et crie dans l'escalier.

MARC, *prenant la grosse tête*

Oh et puis qu'est-ce qu'il y a ? T'es jalouse de mon succès ?

ALICE

Tu sais ce qu'il y a de plus décevant ? C'est que t'es aussi con que ton livre.

MARC

Merde, il faut que je m'excuse d'écrire des best-sellers moi ?

ALICE, *dégoûtée, consternée*

T'es vraiment une merde. Il est faux ton titre. Avec toi ça dure beaucoup moins, et en plus c'est pas de l'amour.

Tête de Marc qui encaisse.

ALICE, *en claquant la porte*

J'ai pas besoin de te redire que c'est la dernière fois qu'on se voit ? Salut !

Elle sort.

MARC

Je vais te manquer !

### 46. INT. JOUR – MAISON DU PÈRE DE MARRONNIER – SALLE A MANGER

YULYA, *arrivant avec un plateau*

Café ! Cognac ! Dommage qu'Alice ne soit pas venue.

MARC

Justement... Je voulais vous dire, elle ne
va plus jamais venir.

LE PÈRE, *après un temps*

Ah, ben ça va encore être de ma faute !

MARC

Tel père, tel fils ! Les lapins ne font pas
des loutres...

LE PÈRE

Tu vois, je l'avais dit à Yulya ! Hein,
j'ai dit : « Si Marc m'appelle, c'est qu'il
a quelque chose à m'annoncer. »

YULYA, *avec un fort accent*

Pourquoi ça va pas ? Alice, elle a fouillé
dans ta portable ?

MARC

Non, c'est à cause de mon livre...

Le père soupire, puis prend Marc par l'épaule,
l'emmène à l'écart sur le balcon, fumer un
cigare.

#### LE PÈRE

Allez, viens ! On va se parler tous les deux !

#### MARC

Se parler ? Mais on n'a jamais fait ça...

Sur le balcon, ils allument chacun un cigare. On voit la tour Eiffel en arrière-plan.

#### LE PÈRE

Je sais que tu me prends pour un vieux con hédoniste, mais tu sais, quand ta mère m'a quitté, je ne m'en suis jamais remis. *(Il semble ému.)* Et depuis, eh bien, depuis je m'amuse ! Tu as déjà essayé le Cialis ?

#### MARC, *écœuré*

Non mais attends, je veux rien savoir, je veux rien savoir !

#### LE PÈRE

C'est pour te dire que la vie continue ! Tu vois j'ai divorcé à 40 ans, et maintenant j'en ai bientôt 70, et je peux te dire que sexuellement j'en ai encore sous le capot ! Hier soir encore, la petite je l'ai déglinguée, et plusieurs fois s'il te plaît !

MARC

Pas de détails ! Stop !

YULYA, *arrive et renchérit*

Ton papa, il est endurant, hein !

MARC

Argh, ça y est, ça recommence !

LE PÈRE, *hochant fièrement la tête*

Notre lit c'est le plus grand chapiteau du monde !

MARC, *se bouchant les oreilles et chantant*

Tralalalala, j'entends pas !

### 47. INT. JOUR – LIBRAIRIE « DES FEMMES »

Dans une librairie féministe, la mère de Marc dédicace son dernier livre : *Où sont les hommes ?* Marc est assis à côté d'elle et feuillette un livre. Elle lui parle tout en signant des exemplaires à des lectrices.

LA MÈRE DE MARC

Merci Françoise, au revoir Françoise !
Alors ? T'es sûr que c'est foutu-foutu
avec ta nouvelle ?


MARC

Tu es bien placée pour savoir que les
livres font des dégâts autour de soi.

LA MÈRE DE MARC, *à une lectrice*

Bonjour ! Vous avez un prénom ?


LA LECTRICE

Juliette. Ce livre m'a sauvé la vie. Je
vous adore ! Je peux vous faire la bise ?


LA MÈRE DE MARC, *souriante*

Non, merci.


La mère dédicace.


LA MÈRE DE MARC

*(A Marc :)* Écoute si elle t'aime vraiment, c'est rattrapable. *(Tendant son
livre à Juliette :)* Tenez Françoise !

LA LECTRICE

Ah non, moi c'est Juliette.

LA MÈRE DE MARC

Oui, c'est ça. Merci Juliette ! Au revoir
Juliette !

JULIETTE

Merci Madame. Et puis surtout, conti-
nuez !

MARC, *déprimé*

Quand je suis né, vous vous êtes
quittés. Alors forcément, ça a déteint
sur toute mon histoire sentimentale !
Faut pas aller chercher le coupable
bien loin !

Il boit un verre de vin, qui a sans doute été servi
à la mère de Marc.
Il y a un silence gêné, la mère signe le livre d'une
nouvelle lectrice.

LA MÈRE, *en colère cette fois, se tourne vers lui*

Non mais tu t'entends ? Gnagnagna,
« l'amour dure trois ans, c'est la faute
à ma maman » ? Tu as quel âge, Marc ?

Ton père et moi, on s'est vraiment aimés ! Bon, ça s'est fini il y a trente ans, mais c'était vraiment une autre époque ! *(Rumeurs d'approbation des femmes qui font la queue dans la librairie.)* Si tu l'aimes cette Alice, vas-y, fonce, pourquoi tu renonces sans te battre ? Est-ce que je t'ai appris à abandonner ? Regarde ma vie, mon boulot, mes livres, et quand j'ai vaincu mon cancer du sein, tu crois que j'ai obtenu tout ça sans lutter ? *(L'assistance est galvanisée, comme par un discours d'homme politique dans un meeting.)* C'est quoi cette génération de mecs qui n'arrête pas de nous dire qu'on leur a coupé les couilles ?! On est des vraies femmes et on veut des vrais mecs, pas des couilles molles !

Au début, les clientes sont gênées d'assister à ce déballage de linge sale en public. Puis elles finissent par approuver ce que dit la mère de Marc. A la fin de sa tirade, elles gloussent franchement.

MARC, *souriant, gêné*

Bon ben je vais y penser, merci de tes conseils maman... Papa m'a déjà bien

aidé, entre couille molle et Cialis, je vais
faire la synthèse. Pardon Mesdames...
*(Il s'éclipse de la librairie.)*


PANNEAU EN SURIMPRESSION :

# ACTE III

# FLIRTING WITH DISASTER

### 48. INT. NUIT – STRIP CLUB

Marc est assis dans un salon, parmi plusieurs Alice en tenue sexy, guêpière, jarretelles, une Alice lèche une cravache en s'asseyant près de Marc, une autre danse, une troisième Alice se balade en tenue de marin...

> MARC, *à la caméra*
>
> Je pensais à elle tous les soirs, et je buvais pour l'oublier. Avec l'effet inverse. *(S'adressant à une Alice qui passe avec un plateau :)* Un verre, s'il vous plaît ! *(De nouveau s'adressant à la caméra :)* Voyez, elle est là, elle est là, elle est là...

Une jeune fille qui le draguait au Flore se déshabille avec beaucoup de décontraction (tout ce qu'elle porte est ostensiblement et naïvement sexy) et sirote une coupe de champagne.

MARC, *à la caméra*

La gloire me permet de coucher avec n'importe qui, mais elle permet aussi à n'importe qui de coucher avec moi.

LA JEUNE FILLE

Tu parles tout seul ? Faut qu't'arrête de boire hein ! *(Marc se sert une vodka.)* Je pensais pas du tout que ça allait marcher avec toi. Le mec du Goncourt c'était facile : il a genre 80 ans, j'étais inespérée pour lui.

MARC

Et le Médicis ?

LA JEUNE FILLE

Elle était super chiante ! Elle manquait d'humour, c'est pas comme toi... t'es un rigolo, toi !

MARC

Et le Femina ?


LA JEUNE FILLE

Gentil ! Au lit, pas top top ! Mais gentil ! Par contre, le Nobel ! Quel coup d'enfer, mais vraiment !!! Je le conseille à toutes mes copines !


MARC

Tu aimes Michel Legrand ?


LA JEUNE FILLE

Qui ça ?


MARC, *d'un ton morne*

Tu sais, j'ai rarement eu des conversations nocturnes aussi intéressantes avec quelqu'un, c'est un vrai bouleversement pour moi. Et quand je suis dans ces états d'échanges intellectuels profonds, j'ai besoin de prendre l'air, pour pouvoir suivre par la suite, si on reprend une conversation. Donc dans l'intervalle, ce que je te propose, c'est de commencer une activité sexuelle euh... monogame, avec toi-même. Et une fois que tu es à température ambiante, je reviens. OK ?

Il sort sur le balcon. La jeune fille le dévisage, interloquée.

**49B** – EXT. NUIT – APPARTEMENT DE MARC – FENÊTRE

MARC, *au téléphone, chuchotant*

Ouais, Jean-Georges, c'est moi ! Viens me sauver !... Moi je t'ai déjà aidé une fois, alors, là, il faut vraiment que tu viennes, très vite !

**49C** – INT. NUIT – APPARTEMENT DE MARC – CHAMBRE

Jean-Georges est assis à côté de Marc, allongé sur son lit.

MARC, *gémissant*

Elle est vraiment partie, hein ?

JEAN-GEORGES

Qui ça ? La prépubère ? Oui, je l'ai foutue dans un taxi.

MARC, *humant l'oreiller*

Non Alice... regarde, elle a oublié son tee-shirt... *(il respire sous les aisselles du vêtement)* et son parfum... *(Il ouvre la bouteille.)*

JEAN-GEORGES

... Qu'est-ce que tu fous, là ?

Marc ouvre le flacon, sniffe le parfum et se met à le boire !

MARC, *s'asseyant sur le bord de son lit*
Je veux mourir ! Où est la fenêtre ?

Il se redresse, mais Jean-George le retient.

JEAN-GEORGES

Tu fais pas ça avant que je sois parti s'il te plaît ! Merci.

MARC

T'as déjà souffert par amour ?

JEAN-GEORGES

Hé, on s'connaît toi et moi ! Tu sais bien que je ne suis jamais tombé amoureux. C'est mon grand malheur. Mais toi tu prends le problème à l'envers. Plus on cherche la passion, plus on est déçu quand ça s'arrête. Ce qu'il faut

c'est chercher l'ennui, comme ça tu es
toujours surpris de ne pas te faire chier.

MARC

Parfois je t'envie. Moi j'en ai plein le
cul d'être amoureux.

JEAN-GEORGES

C'est le parfum qui te fait tourner la
tête ou quoi ? Tu me la fais pas à
l'envers, s'il te plaît : c'est moi qui
t'envie. Moi j'en ai tout le temps souffert de ça, je voudrais connaître c'que
tu traverses !

MARC, *fatigué*

Tu crois que je suis un misogyne ?

JEAN-GEORGES

Je suis pas super bien placé pour te
répondre, mais... je t'avais dit que le
bouquin, ça passerait pas.

Jean-Georges se lève, lui donne une tape sur la
jambe et part.

MARC

Tout ça, c'est la faute au livre !

## 50. INT. JOUR – CAFÉ CARMEN (MAISON DE GEORGES BIZET)

Mariage de Pierre et de Kathy, le 11 septembre. Jean-Georges et Marc sont témoins, très chics. Vient le moment des discours.

> KATHY

Je voudrais dire à tous mes amis ici réunis que ce n'est pas parce que nous sommes mariés que nous sommes morts. Appelez-nous, invitez-nous à des soirées, costumées, ou sans vête- ments. Voyez, on est en 2012, c'est tou- jours pas la fin du monde, alors vous pouvez continuer à nous proposer des choses, ou à moi toute seule, ou à lui tout seul. Comme vous voulez ! On est ouverts à toutes les propositions !

> PIERRE, *se levant à son tour et entourant les épaules de Kathy de son bras*

Je voudrais dire évidemment que je suis heureux aujourd'hui parce que je suis devenu un mari, mais surtout, je vou- drais vous dire que grâce à Kathy, je me suis reproduit ! Un nouveau moi est en marche ! *(L'assistance applaudit et lance des bravos.)* J'aime cette folle. Alors, même si on parle pas le même langage, je la comprends, quand le soir par exemple, elle me dit : « Oh fuck ! Oh fuck ! Oh fuck ! » ou : « Oh God ! Oh God ! Oh God ! ».

Kathy, hilare, hausse les épaules, l'air de dire « désolée ».

MARC, *ivre-mort, après s'être éclairci la gorge et avoir réclamé l'attention en tapant son verre avec un couteau comme dans* Festen

Alors, je vais faire un discours, c'est le rôle du témoin, hein ! Nous sommes tous très heureux pour Pierre et Kathy, qui ne le serait pas devant cet attelage réhabilitant devant l'inconscient collectif l'éternel couple formé par l'intello coincé et la potiche nymphomane *(Pierre et Kathy rient)*, mais je voudrais ajouter ceci... Ce que je voudrais juste dire à notre cher couple et à tout l'aréopage de pique-assiettes réunis, c'est que ce que vous êtes en train d'applaudir, là, c'est pas de l'amour ! *(Les gens commencent à échanger des regards inquiets.)* Non ! C'est une publicité ! Parfaitement ! *(Des murmures s'élèvent. Jean-Georges, consterné, tente de l'arrêter. Marc se débat.)* Parce que quand est-ce qu'on consomme le plus, hein ? C'est au moment des rencontres ou des ruptures, c'est incroyable ! *(Des protestations s'élèvent, Jean-Georges tire la manche de Marc.)* C'est à ce moment-là qu'on change de vie, de meubles, de télé, d'appart...

Huées de l'assistance.

MARC, *ignorant les protestations*

Laissez témoigner le témoin ! La société n'a pas besoin d'amour, elle n'a pas besoin de ça ! Elle a besoin de son petit troupeau, docile, comme vous êtes, là, avec vos petites fourchettes et vos petits couteaux, et l'amour, ça ne dure pas trois ans ! Ça ne dure pas une heure, ça ne dure pas trois secondes, parce que pour durer, faudrait qu'il existe ! Alors, c'est tout ce que je voulais dire, mais j'ai un cadeau ! *(Il sort une burqa d'un sac en papier.)* Puisque l'amour est un mensonge, autant le couvrir avec élégance !

Pierre et Kathy le regardent, apitoyés.

MARC, *enfilant la burqa*

Je suis allé à Kaboul exprès, pour le couple, et j'ai trouvé ça !

Tollé parmi les convives.

KATHY, *énervée*

Bon, ça va, t'es pas drôle !

MARC

Quoi, keskia ? La méthode talibane ! Si avec ça, votre couple ne dure pas ! Mais quoi ! Mais vous savez très bien !

Jean-Georges vire Marc du mariage.

MARC, *pathétique*

Vous êtes pathétiques ! Vous êtes pathétiques !

**51. AUBE – APPARTEMENT D'ALICE ET ANTOINE**

**51A** – Le soir même, on voit Marc beugler dans l'interphone d'Alice et Antoine au pied de leur immeuble.

MARC, *toujours aussi pathétique*

Allô ? J'en ai rien à foutre de votre bonheur ! C'est fini, t'entends Alice, FI-

NI ! *(Silence.)* Bon ben j'y vais, alors.
*(Silence.)* Je vais vraiment y aller là ! Tu
me verras plus jamais ! JAMAIS !

51B – Plan sur l'intérieur de l'appart : Antoine et
Alice font l'amour avec, en fond sonore, la voix
de Marc qui résonne dans tout le loft.

51C – On voit aussi sa tête dans un interphone
vidéo, le visage déformé par la caméra « fish
eye ».

### VOIX DE MARC

Vous êtes en train de baiser, c'est ça ?
*(Silence.)* Mais oui, je l'entends d'ici !
L'autre qui te fourre, hun hun !

### ANTOINE, *excédé*

Mais il n'a vraiment aucun amour-
propre ! Aucun !

### VOIX DE MARC

Alice m'a dit que t'avais un micropénis ! Incapable de faire jouir un
Schtroumpf ! Je vais partir maintenant,
je compte jusqu'à 3, attention ! 1... 2...
à 3, je vais disparaître pour toujours !

Marc continue à beugler dans l'interphone, on ne distingue plus ce qu'il dit.

ANTOINE

C'est vrai que t'as dit que j'avais un micropénis ?

ALICE, *allongée sur le côté, le sourire en coin*

Mais non !

ANTOINE

C'est pas vrai en plus !

ALICE

Mais non ! Pas du tout !

ANTOINE

En plus, c'est quoi un micropénis, par rapport à un petit pénis ? Je comprends pas...

ALICE

Non, mais c'est pas la taille qui compte !

ANTOINE

Pourquoi tu dis ça ? Pourquoi tu me dis, à moi, que c'est pas la taille qui

compte ? A lui, tu lui dirais que c'est
pas la taille qui compte ?

ALICE

Non, non, je lui dirais pas ça... *(Elle
pouffe.)*

ANTOINE

Pourquoi tu me dis ça à moi, que c'est
pas la taille qui compte ?

ALICE

Je sais pas... J'essaie de te rassurer...

ANTOINE

Pourquoi t'as besoin de me rassurer ?
J'ai un micropénis, moi ?

ALICE

Non, mais pas du tout !

ANTOINE

J'ai peut-être pas un GROS pénis, mais
c'est pas un micropénis !

ALICE

C'est pas du tout micro, c'est entre
deux, c'est... normal...

317

51 D – Dehors, Marc s'en va.

## 52. INT. SOIR – APPARTEMENT DE MARC

Le même soir, Marc devant son bureau. Un beau stylo plume à la main, il fouille les tiroirs à la recherche d'un flacon d'encre. Il finit par le trouver et recharge son stylo.

MARC, *à la caméra*

Je sais que tout ça, ça peut faire mise en scène et... En temps normal, je ne suis pas favorable au rituel de la lettre d'amour, surtout après avoir été largué sans sommation. Mais cette fois je pensais que l'écriture devait reconstruire ce que l'écriture avait brisé.

Il pose une feuille d'un beau vélin devant lui et se met à écrire...

MARC, *en voix off*

Ce que je voulais dire à Alice était pourtant simple. Je pensais à elle tout le temps, je pensais à elle le matin, en marchant dans le froid...

### 53. EXT. JOUR – RUES DE PARIS

Marc marche lentement face au vent glacé.

DÉBUT DE LA SÉQUENCE MUSICALE : « Mona Lisas and the Mad Hatters » d'Elton John.

> MARC, *en voix off*
> Je faisais exprès de marcher lentement pour pouvoir penser à elle plus long-temps.

Il se fait doubler par une très vieille dame qui promène son chien.

> LA VIEILLE DAME
> Pauvre con !

### 54. INT. MATIN – BUREAU D'ALICE

Alice, à son bureau, ouvre une enveloppe, lit la lettre qu'elle contient puis déchire le morceau de papier, lentement, en très petits morceaux,

### 55. EXT. SOIR – PLACE DAUPHINE

Marc, assis sur un banc de la place.

> MARC, *à la caméra*
> J'annonçai solennellement à Alice que je l'attendrais tous les soirs à 19 heures,

là où elle m'avait embrassé pour la première fois.

### 56. INT. MATIN – BUREAU D'ALICE

Alice passe au broyeur une lettre de Marc.

### 57. EXT. SOIR – PLACE DAUPHINE

Marc, assis sur le banc de la place.

### 58. INT. MATIN – BUREAU D'ALICE

Alice brûle une lettre dans un bocal et la lettre
disparaît en fumée.

ALICE

Mytho !

### 59. EXT. SOIR – PLACE DAUPHINE

59A – Marc est installé sur un banc. Il attend,
sous la pluie.

(Ellipse.)

59B – Un autre soir : Marc attend, sous la pluie,
l'air absent. Alice vient discrètement vérifier
qu'il l'attend. Elle se cache sous son parapluie.

(Ellipse.)

59C – Un autre soir : Marc attend, toujours assis sur le même banc, il s'est endormi sur l'épaule d'un clochard.

59D – Alice traverse la piscine de l'appartement d'Antoine, et se laisse couler dans le fond.

59E – Le banc de la place Dauphine, vide.

FIN DE LA SÉQUENCE MUSICALE

### 60. INT. JOUR – PLATEAU DE TÉLÉVISION

Marc est invité au Grand Journal de Canal+.

MICHEL DENISOT

Invité du Grand Journal, un écrivain à succès qui vient de recevoir le prix de Flore... Voici Marc Marronnier.

Marc entre et va s'installer sur le plateau. Le public applaudit.

MICHEL DENISOT

Marc Marronnier, pensez-vous vraiment que l'amour dure trois ans ?

ALI BADDOU

En même temps, petite précision, vous savez que vous n'avez rien inventé, puisque déjà dans la littérature orientale, l'amour ne peut pas durer plus de 1001 nuits !

MARC

Si on fait le calcul, de tête rapidement, 1001 nuits ça fait 2,745 années. Enfin, tout ça, c'est un débat technique. Si on regarde un siècle plus tôt, dans *Tristan et Iseult*, vous vous souvenez combien de temps dure le philtre d'amour ?

ALI BADDOU

Trois ans ?

MARC

Eh ouais. *(Regardant la caméra :)* Alice, je t'aime.

Silence gêné dans la salle.

MICHEL DENISOT, *rigolard*

Il s'appelle Ali.

Éclat de rire du public.

MARC

Ce n'est pas à lui que je m'adresse.

### 61. INT. JOUR – BUREAU DE L'ÉDITRICE

Francesca Versini est assise à son bureau et regarde l'émission en direct.

#### FRANCESCA VERSINI

Mais qu'est-ce qu'il fait, mais qu'est-ce qu'il fait ? ! Oh, putain, le con !

### 62. INT. JOUR – APPARTEMENT D'ALICE ET ANTOINE

Alice est assise sur son canapé, elle mange une glace. Le téléphone sonne, c'est son directeur de casting.

#### LE DIRECTEUR DE CASTING

Allume tout de suite la télé, on parle de toi au Grand Journal !

Elle allume sa télé, sidérée.

#### MICHEL DENISOT, *à l'écran*

Si vous voulez lancer un appel à cette Alice, la caméra est ici. Mais ne faites pas trop long, s'il vous plaît.

#### ALICE

J'hallucine !

### 63. INT. JOUR – PLATEAU DE TÉLÉVISION

> MARC, *regardant l'objectif*

Alice, je sais que tu me prends pour un crétin puéril.

> ARIANE MASSENET

Elle n'est pas la seule !

Le chauffeur de salle fait rire le public.

> MARC, *récitant*

« L'amour ne s'altère pas en heures ou en semaines, mais survit jusqu'à la pointe de la fin des temps. Et si ceci est faux et qu'on me le prouve, je n'ai jamais écrit, et personne n'a jamais aimé. »

> ALI BADDOU

Ah ! Mais ce n'est pas de vous, ça !

> MARC

Non, mais ça pourrait très bien l'être.

### 64. INT. JOUR – APPARTEMENT D'ALICE ET ANTOINE

Alice est estomaquée, chez elle, toujours au téléphone avec son directeur de casting.

ALICE

Il est dingue !

**65. INT. JOUR – PLATEAU DE TÉLÉVISION**

MARC

Si elle voit cette émission, Alice me
méprisera, prendra cette déclaration
comme une gesticulation médiatique,
et elle aura raison.

**66. INT. JOUR – APPARTEMENT D'ALICE ET ANTOINE**

Alice est toujours au téléphone.

ALICE

Il est insupportable !

**67. INT. JOUR – PLATEAU DE TÉLÉVISION**

MARC

Tant pis, grâce à elle je sais enfin que
l'amour c'est un pari, comme la foi en
Dieu. Alice, c'est vrai que tu as des
dents de vampire et des pieds très ori-
ginaux mais... *(Les gens rient.)* Pfff,
vous n'avez jamais été amoureux !
Enfin, ce que j'essaie de dire, c'est que
je me suis ennuyé toute ma vie mais
avec toi, pas une seule seconde. Pas

une. Et ce livre qui pose tant de problèmes entre nous, eh bien, c'est juste
le cri d'un homme désespéré de ne pas
t'avoir rencontrée plus tôt.

Michel Denisot, Ariane Massenet et Ali Baddou
sont stupéfaits. Le public se met à applaudir.

MICHEL DENISOT

Merci Marc Marronnier, je rappelle le
titre de votre roman : *L'amour dure trois
ans*. Tout de suite, le Service Après-
Vente.

**68. EXT. NUIT – SÉQUENCE ONIRIQUE (MUSIQUE DE
*PEAU D'ÂNE*)**

**68A** – On voit Alice sortir de son immeuble en
courant.

**68B** – Pendant ce temps, Marc sort du studio,
un peu mélancolique.

**68C** – Alice fonce vers l'entrée de Canal+. Elle
bouscule les gens qui attendent et entre. Elle
descend les escaliers et se retrouve nez à nez
avec Ariane Massenet.

ALICE

Il est parti Marc Marronnier ?


ARIANE MASSENET

Là ! Il est parti par là !


ALICE

Merci !


Elle ressort, remonte les escaliers quatre à quatre, court de nouveau, à la recherche de Marc.

**68D** – Il hèle un taxi puis se retourne et la voit. Elle court à sa rencontre. Elle se jette dans ses bras et ils tourbillonnent, s'embrassant comme dans un film de Claude Lelouch.

**68E** – Le chauffeur interrompt la rêverie.


LE TAXI

Bon, c'est pour aujourd'hui ou pour demain ? Le compteur tourne, là !


**68F** – EXT. NUIT – PARIS (RETOUR À LA RÉALITÉ)

Soudain Marc se réveille de ses songeries : il est seul en train de danser un slow avec lui-même (de dos).

### 69. INT. NUIT – APPARTEMENT DE MARC

Il est de retour chez lui. Il jette des fléchettes sur des photos d'Alice, épinglées au mur.

#### MARC, *à lui-même*

Oh, non ! Je ne suis pas du tout vexé, pas mal, pas mal ! *(Reprenant les vers de Shakespeare :)* « I never writ, nor no man ever loved ».

### 70. INT. JOUR – BUREAU DE FRANCESCA VERNISI

#### FRANCESCA VERNISI

Formidable cette nouvelle dépression ! C'est une très bonne idée, toujours productif...

#### MARC

Mais je suis vraiment pas bien. Je souffre, là. Terriblement.

#### FRANCESCA VERNISI

Ah mais le coup de la déclaration en direct à la télé ! Mais c'est... c'est génial, fallait oser !

MARC

Mais, ça a jailli ! J'ai compris que je n'avais rien compris à l'amour, surtout.

FRANCESCA VERNISI

C'est ce que j'ai toujours pensé. Mais bravo !

MARC

J'ai envie de recommencer tout à zéro. Je vais faire un documentaire sur l'amour.

FRANCESCA VERNISI

Non. Moi j'ai une autre idée pour toi. J'ai des amis qui montent une résidence d'écrivains en Australie, je peux te pistonner, tu pourrais partir là-bas écrire, logé, nourri, douze mois, dix-huit mois... Comme tu veux ! Tranquille !

MARC

Tu veux vraiment te débarrasser de moi ! C'est ça l'idée ?

Sourire de Francesca.

FRANCESCA VERNISI

Je dis ça pour ton bien.

MARC

C'est ce qui m'inquiète !

**71. INT. JOUR – DOCUMENTAIRE DE MARC**

A l'écran d'un téléviseur, début du documentaire : Marc interviewe Alain Finkielkraut et Pascal Bruckner. Puis, il interviewe Paul Nizon, sa mère, Jean-Didier Vincent... et retour à Bruckner et à Finkielkraut.

**72. INT. JOUR – SALLE DE MONTAGE**

On découvre Marc et Jean-Georges assis dans la salle de montage. Arrêt sur image du documentaire.

JEAN-GEORGES, *après mûre réflexion*

Écoute... C'est chiant.

MARC, *vexé*

Tu sais que grâce à ça que j'ai décroché une bourse pour partir deux ans à Melbourne pour écrire mon prochain livre ! Alors, c'est peut-être un peu conceptuel... mais c'est pas chiant !

JEAN-GEORGES

Attends, tu pars quand ?


MARC

Bientôt pourquoi ?


JEAN-GEORGES

J'ai un truc important à te dire.


MARC

Ça va ? Rien de grave ?


JEAN-GEORGES

Je voudrais que tu sois mon témoin...


MARC

Oh non ! Tu vas pas t'y mettre aussi !


JEAN-GEORGES

Fais pas cette tronche, bordel ! Faut
que je te raconte...


**73. EXT. JOUR – PLAGE DE GUÉTHARY (FLASHBACK)**

Jean-Georges est debout sur une planche, cheveux au vent, tel un superbe atlhète (en combi-
naison de plongée). Il surfe comme un Dieu. La
caméra recule et l'on se rend compte qu'il est

debout sur une planche posée sur le sable. A ses côtés, le professeur de surf est très beau et musclé. Pour montrer à Jean-Georges la bonne position sur la planche, il se place derrière lui et le tient par la taille.

JEAN-GEORGES, *en voix off*

En fait, il s'est passé un truc, une espèce de déclic. Je peux pas l'expliquer... Je crois que ça doit être ça l'amour... Je suis allé prendre une leçon de surf, cet été, à Guéthary. Avec une espèce de blond, tout c'que je déteste ! Plus beau que moi, forcément. Et puis... il s'est passé un truc.

MARC, *en voix off*

Quoi ? Vous avez fait du surf ?

JEAN-GEORGES, *en voix off*

Oui... aussi.

LE PROF

Les jambes bien fléchies, feel the balance. Trouve ton équilibre... Fléchis les jambes.

JEAN-GEORGES

Ah, OK OK ! The balance, yes ! I can
feel the balance, yes, merci !

Le beau prof est maintenant quasiment collé
contre Jean-Georges qui est troublé... Leurs
regards de braise se croisent.

JEAN-GEORGES

Mais... qu'est-ce qui nous arrive ?

LE PROF

Je sais pas... Ça m'est jamais arrivé...

74. RETOUR À LA RÉALITÉ – SALLE DE MONTAGE

Tête interloquée de Marc.

MARC

Wow, wow, wow !

EN SURIMPRESSION : 0,72 année plus tard

75. EXT. JOUR – BIDART – TERRASSE DE LA PLANCHA

Marc, Jean-Georges et Steve (le prof) boivent
un verre au bord de la mer, lunettes noires.

JEAN-GEORGES

Ça va toujours pas, toi, t'as ta tête de
dépressif. Tu sais les femmes, c'est
comme le tabac, faut arrêter à un
moment donné !

MARC

Mmmmh ? T'as peut-être raison... En
plus, j'ai des goûts de pédé, j'aime Mar-
cel Proust, Visconti, Lady Gaga...

JEAN-GEORGES, *contrarié*

Non mais attends, je t'arrête tout de
suite ! On n'est pas pédés nous, ni des
tarlouzes ! C'est juste qu'on en a marre
de se faire emmerder par des connasses.

MARC

Ben d'accord, mais euh... Enfin...

JEAN-GEORGES ET STEVE

Quoi ?

MARC

Ben, je sais pas, mais... Quand vous êtes
ensemble, tous les deux, tout nus, c'est
la nuit, il fait chaud...

JEAN-GEORGES, *énervé*

Quoi ? Arrête, arrête, arrête ! On se fait du bien, c'est de l'entraide !

STEVE

Jean-Georges et moi, c'est différent. C'est de l'amour. D'ailleurs, j'ai mon pote, le grand prêtre Vanish Le Talek, il vient exprès pour nous connecter au Grand Tout.

MARC

Le Grand Tout ? Vanish Le Talek ? Le gourou qui sort de prison ?

STEVE

Pourquoi tu juges comme ça ?

Une belle serveuse espagnole passe en frôlant leur table, magnétisant le regard de Marc. La serveuse revient et se campe crânement devant Marc.

LA SERVEUSE

Messieurs, pourriez-vous régler s'il vous plaît, je vais terminer mon service... *(A Marc :)* et je vais aller sur la plage. Toute seule.

MARC, *à la serveuse*

Vous avez déjà fait l'amour aujourd'hui ?

LA SERVEUSE

Si, mais yé souis pas fatiguée.

MARC, *à la caméra*

L'hédonisme...

## 76. INT. JOUR – APPARTEMENT D'ALICE ET ANTOINE

76A – Antoine et Alice regardent *L'Affaire Thomas Crown*, assis sur un canapé design. Faye Dunaway embrasse Steve McQueen. Antoine pose sa main sur la cuisse d'Alice. Celle-ci regarde la main d'Antoine, et voit un gant Mapa.

ANTOINE

Je vais boire un truc. *(En se levant :)* Tu veux quelque chose, toi ?

ALICE

Non, merci.

Restée seule, Alice ouvre une enveloppe posée sur le canapé et découvre un faire-part de mariage avec une photo de Jean-Georges et Steve entourée d'un cœur. Un bristol est accro-

ché avec un trombone : « MARC SERA LA.
APRÈS IL PART EN AUSTRALIE PEN-
DANT DEUX ANS. JEAN-GEORGES. » On
entend la musique de Michel Legrand. Elle est
troublée.

76B – Quand Antoine revient, Alice a disparu.
Elle a écrit « Pardon » avec son rouge à lèvres
sur l'écran de la télé. De rage, Antoine casse sa
bouteille de bière sur le sol en criant
« Putain ! ».

### 77. INT. JOUR – BIDART – PLAGE D'ERRETEGIA

Le jour est venu de l'union de Jean-Georges et
de Steve. Sur une plage, un feu de camp géant,
soleil couchant... Plans du mariage, des invités,
du bonheur des mariés... Les gens dansent, Marc
boit au goulot d'une flasque de whisky, tire sur
un narguilé qu'on lui tend. Il semble très malheureux. Il croise Steve et Jean-Georges qui lui
confisquent sa bouteille. S'approchant du barbecue où un cochon embroché rôtit, une
pomme dans la bouche :

MARC
Qu'est-ce que c'est ?

LE CUISTOT

Du porc gascon.

MARC

Il a l'air bien là où il est...

LE CUISTOT

Il est bien bronzé, bien chaud, bien
cuit...

Marc continue de déambuler et tombe sur Kathy
et Pierre. Pierre porte leur bébé en kangourou.
Marc est un peu étonné par la couleur du bébé
(café au lait).

PIERRE

Quoi ? Oui, il paraît que ça peut sauter
plusieurs générations.

KATHY, *embarrassée*

Mon arrière-grand-père était béké.

Moment de flottement. Marc s'éloigne, haussant
les sourcils.
La cérémonie débute. Le gourou est debout sur
l'estrade. Il pousse des cris stridents dans un
micro et effectue lentement une série de mou-
vements.

### LE GOUROU, *debout sur l'estrade*

Tous les hommes pensent connaître l'amour, mais nous savons tous que l'amour est un mystère. C'est pourquoi ce jour est si particulier. Une telle union est rare, miraculeuse et sacrée. *(Il reprend ses gloussements étranges. Marc, qui a rejoint Pierre et Kathy, échange des regards avec eux.)*

Steve et Jean-Georges sont bénis par le gourou, s'embrassent et se retournent vers leurs amis en hurlant : « Ouaiiiiiiiiiiiiiiis ! » Tout le monde les applaudit.

### PIERRE

Vive les mariés !

### MARC, *attrapant un micro*

Jean-Georges et Steve, j'ai une surprise pour vous...

Pierre est effrayé, il se précipite vers Marc.

### PIERRE

Marc, s'il te plaît, tu ne vas pas encore tout gâcher !

MARC

Ne t'inquiète pas, je crois que mon
cadeau va leur plaire. Si si !

PIERRE, *préoccupé*

Fais pas le con Marc !

### 78. INT. / EXT. JOUR – AÉROPORT DE BIARRITZ

**78A** – Un avion atterrit. Alice descend en courant
et traverse la passerelle pour sauter dans un taxi.
Le dernier taxi part sous ses yeux. Elle se met
au milieu de la route et arrête une voiture.

ALICE, *montrant son carton d'invitation*

Pitié, emmenez-moi là !

**78B** – Retour sur la plage

Marc disparaît derrière un rideau de planches
de surf. Tout le monde se regarde, un peu
inquiet.
Les planches s'abaissent, dévoilant Michel
Legrand assis derrière un piano à queue. Les
gens l'applaudissent avec enthousiasme.

MARC, *le micro dans la main*

Mesdames et Messieurs, pour vous
Jean-Georges et Steve, l'immense, le

gigantesque, le plus grand compositeur du monde, une légende vivante, mon idole absolue : Monsieur Michel Legrand !

Applaudissements. Michel Legrand commence à jouer du piano. Steve et Jean-Georges serrent chaleureusement Marc dans leurs bras.

MICHEL LEGRAND, *interprétant « Les Moulins de mon cœur »*

« Comme une pierre que l'on jette dans l'eau vive d'un ruisseau, et qui laisse derrière elle des milliers de ronds dans l'eau... »

Alice court vers la plage. Elle aperçoit Marc au loin. L'assemblée applaudit. Marc est ému par sa chanson préférée...

MICHEL LEGRAND

« Comme un manège de lune, avec ses chevaux d'étoiles. Comme un anneau de Saturne, un ballon de carnaval… Tu fais tourner de ton nom tous les moulins de mon cœur... »

Soudain, Marc voit Alice. Ils sont séparés par les convives. Elle hausse les épaules, essoufflée. Marc sourit, bouleversé. Il s'approche, incrédule, touche le visage d'Alice, comme pour vérifier qu'elle est vraiment venue. Elle ferme les yeux et embrasse sa main.

ALICE

J'ai couru depuis Paris. J'ai un point de
côté.

MARC

Moi aussi, depuis que je te connais.

Au loin, ils reconnaissent la petite surfeuse qui les avait pris pour des amoureux au début. Ils lui font un signe de la main. Elle les reconnaît et s'approche.

LA FILLETTE

Alors, j'avais raison, vous êtes des
amoureux !

Alice et Marc lui sourient.

ALICE

Surtout lui.

MARC

Surtout elle.

ALICE

Non, surtout lui ! Moi, c'est purement
sexuel !

La fillette rigole et s'en va. La chanson s'achève
sur un duo de Michel Legrand et de Jean-
Georges. Tonnerre d'applaudissements.

**79. EXT. JOUR – PLAGE**

Marc et Alice marchent main dans la main, sur
la plage.

ALICE

Mais ta théorie là, du crédit de trois
ans. Ça veut dire que si on ne se voit
pas pendant trois mois parce que j'ai
rencontré un mannequin super beau,
un Brésilien, ça rallonge l'histoire de
trois mois ?

MARC, *inquiet*

Euh, oui. Enfin non, je sais pas, on s'en
fout ! Je trouve que ce serait bien qu'on
ne se quitte plus.

ALICE

Ah oui d'accord, on ne se quitte pas
jusqu'au 20 février ou jusqu'au 7 mai ?
Je comprends pas bien ? Parce
qu'attention ça change tout !

MARC, *se penchant pour l'embrasser*

Ça va bien se passer.

Ils s'embrassent enfin. Beau baiser final. Soudain, on entend un grondement. De l'horizon,
une énorme vague se lève derrière eux, un mur
d'eau, haut comme un immeuble. Un tsunami
géant remplit l'écran derrière ce baiser holly-
woodien.

# GÉNÉRIQUE DE FIN

Tous les protagonistes du film réapparaissent pour donner leur avis sur la durée du couple (sous forme de petites vignettes brèves) :

**80A** – Steve donne son avis à Jean-Georges : « Il faut compter à partir du premier orgasme. » Et Jean-Georges de répondre, perfide : « Alors ils n'ont pas encore commencé. »

**80B** – Kathy et Pierre chez eux, en peignoir de bain, avec un autre couple, en peignoir aussi : « Nous on ne compte pas en années, mais en nombre de gens. »

**80C** – La mère de Marc, dans la librairie : « Moi je trouve cette histoire d'amour tout à fait charmante ! Vraiment, vraiment charmante, oui ! D'autant que cette... Alice a un bon potentiel d'emmerdeuse. Donc ça peut durer ! »

**80D** – Jean-Georges et Steve, en tenue de mariés. Jean-Georges : « On n'a pas besoin d'être deux

pour s'aimer : je m'aime, tu m'aimes, et voilà !
Ça me suffit. C'est ça, l'amour ! » Steve : « Exactement ! »

**80E** – Dans son bureau, Francesca Vernisi parle au téléphone : « Ce serait bien que Marc la largue bientôt, comme ça on a le deuxième tome. S'il la largue avant l'été, c'est le jackpot ! »

**80F** – Yulya : « Moi je compte les années qui lui restent à vivre. » Le père de Marc : « Quoi chérie ? Qu'est-ce que tu dis ? » La fille sourit : « Rien, my love. »

**80G** – Antoine est dans sa piscine : « Alice ? Oh ! là, là ! mais je sais même plus qui c'est, moi ! Avec Svetlana, on est tellement bien. Et puis... Svet et moi, c'est pour la vie ! » Svetlana : « Ça fera 3 000 euros. » Antoine, à la caméra : « Ah ouais, 3 000 quand même ! »

**80H** – Le curé de l'enterrement, mangeant un biscuit : « Je sais ce que vous pensez, vous pensez que j'aime les petits écoliers. Mais pas du tout ! Ce sont des Délichoc... »

**80I** – Anne, apaisée, assise dans un gros canapé de velours rouge et enlaçant Marc Levy : « Moi, je pense qu'il devrait l'épouser... Avec moi, il était trop jeune. Mais cette fois, c'est la vraie ! » Marc Levy : « C'est bien ça : "Cette fois, c'est la vraie." Ça pourrait faire un bon titre, ça ! »

*Du même auteur :*

MÉMOIRES D'UN JEUNE HOMME DÉRANGÉ, *roman*, La Table Ronde, 1990 ; « La Petite Vermillon », 2001.

VACANCES DANS LE COMA, *roman*, Grasset, 1994 ; Le Livre de Poche, n° 14070.

NOUVELLES SOUS ECSTASY, *L'Infini*/Gallimard, 1999 ; Folio, n° 3401.

99 FRANCS (14,99 EUROS), *roman*, Grasset, 2000 (et 2002) ; Folio, n° 4062.

DERNIER INVENTAIRE AVANT LIQUIDATION, *essai*, Grasset, 2001 ; Folio, n° 3823.

RESTER NORMAL *(bande dessinée avec Philippe Bertrand)*, Dargaud, 2002.

WINDOWS ON THE WORLD, *roman*, Grasset, 2003 ; Folio, n° 4131.

RESTER NORMAL À SAINT-TROPEZ *(bande dessinée avec Philippe Bertrand)*, Dargaud, 2004.

JE CROIS, MOI NON PLUS *(dialogue avec Jean-Michel di Falco)*, Calmann-Lévy, 2004 ; Le Livre de Poche, n° 30356.

L'ÉGOÏSTE ROMANTIQUE, *roman*, Grasset, 2005 ; Folio, n° 4429.

AU SECOURS PARDON, *roman*, Grasset, 2007 ; Le Livre de Poche, n° 31059.

UN ROMAN FRANÇAIS, *roman*, Grasset, 2009, prix Renaudot ; Le Livre de Poche, n° 31879.
PREMIER BILAN APRÈS L'APOCALYPSE, *essai*, Grasset, 2011.

Composition réalisée par PCA

Achevé d'imprimer en août 2012, en France sur Presse Offset par
Maury-Imprimeur – 45330 Malesherbes
N° d'imprimeur : 175545
Dépôt légal 1re publication : mai 2012
Édition 05 – août 2012
LIBRAIRIE GÉNÉRALE FRANÇAISE – 31, rue de Fleurus – 75278 Paris Cedex 06